中国古代山水游记菁录

清卷：一城烟火如绘

石孝义 编著

哈尔滨出版社
HARBIN PUBLISHING HOUSE

图书在版编目（CIP）数据

中国古代山水游记菁录 . 清卷 : 一城烟火如绘 / 石孝义编著 . -- 哈尔滨 : 哈尔滨出版社 , 2021.3
ISBN 978-7-5484-5652-0

Ⅰ . ①中… Ⅱ . ①石… Ⅲ . ①游记 - 作品集 - 中国 - 清代 Ⅳ . ① I26

中国版本图书馆 CIP 数据核字 (2020) 第 210784 号

书　　名：中国古代山水游记菁录 . 清卷：一城烟火如绘
ZHONGGUO GUDAI SHANSHUI YOUJI JINGLU.
QING JUAN:YI CHENG YANHUO RU HUI

作　　者：石孝义　编著
责任编辑：赵宏佳　尉晓敏
责任审校：李　战
特约编辑：李　路　韩玉龙
装帧设计：秦　强

出版发行：哈尔滨出版社（Harbin Publishing House）
社　　址：哈尔滨市香坊区泰山路 82-9 号　邮编：150090
经　　销：全国新华书店
印　　刷：三河市华晨印务有限公司
网　　址：www.hrbcbs.com　www.mifengniao.com
E-mail：hrbcbs@yeah.net
编辑版权热线：（0451）87900271　87900272
销售热线：（0451）87900202　87900203

开　　本：660mm × 960mm　1/16　印张：13.5　字数：168 千字
版　　次：2021 年 3 月第 1 版
印　　次：2021 年 3 月第 1 次印刷
书　　号：ISBN 978-7-5484-5652-0
定　　价：69.80 元

凡购本社图书发现印装错误，请与本社印制部联系调换。
服务热线：（0451）87900278

序

先秦至两汉，从严格意义上讲，独立、完整的游记作品应当还没有出现。当时因为生产力低下，人类征服自然的能力很微弱，所以名山大川便被人为地披上了一件神灵的外衣，当时华夏大地的名山大河均成为天帝神祇的化身，于是人类臣服于斯，膜拜于斯。大自然对于人类来说始终蒙着一层神秘的面纱，携有一股强大的威慑力。古代先民对自然山水始终抱有一种仰慕而崇拜的心理，所以这时才会产生像《山海经》那样荒诞、离奇、怪异的山川记述。有人说这是中国古代山水游记的源头，这种说法无疑有些牵强，因为《山海经》中有关山川湖海的记载虽然很多，但大多为无稽之谈，正像清人所纂《四库全书》中说："侈谈神怪，百无一真，是直小说之祖耳。"

先秦时期，比较客观纪实的地理方志类的著作，还有《尚书·禹贡》《史记·河渠书》《汉书·地理志》《汉书·沟洫志》等，但在这些著作中，一般多为水道流向、农田水利、州郡辖属、民情风俗的官文记载，其中地理方志类的文字记载的意味要远胜于山川形貌的文学描写。从思想文化史的角度看，先秦时期诸子的著述主要是有关社会政治、道德修养、哲学思辨性质的学术文章，其中偶有提到山水一类的文字也不过是意在借喻说理，或附着于哲学思辨之中作为比喻的手段出现，并非单独以山水之美或山水之游为目的的写作。也就是说，在当时人们还没有有意识地、刻意地去描摹山水的自然形态，也不懂得将山水视为人类游乐的对象加以歌颂赞美。因此，在先秦诸子的文章著述中还没有清晰的山水游记的影踪出现。

当历史进入到两汉时期，一种新的文体“赋”出现了，并且在相当一段时间内大放异彩。在两汉的文赋中，已经开始出现成段山水文字的描写。如汉赋大家枚乘在《七发·观涛》中，有一段对江涛的细致刻画描写。从开始，到少进，到波涌，阶次递进，文中描写与比喻相结合，形象而又贴切。但枚乘写观涛不是专门为了表现观涛，而是借赋中假托的吴客，由他分述音乐、饮食、车马、游宴、田猎、观涛等六件事的乐趣，由静而动，由近及远，一步步地启发楚太子，诱导他逐渐改变自己的生活方式。再如，司马相如在《子虚赋》《上林赋》中也出现了专门写山的描写，但司马相如写山水土石的目的也不是为了欣赏和表现它们，而是借描写山水土石的名贵，表现云梦的盛况。

在山水游记史上，真正意义上的具有相对完整性的游记作品的出现，当数东汉马第伯的《封禅仪记》。《封禅仪记》在中国文学史上第一次用散文化的语言，真实、具体、形象地描写出了东岳泰山的雄伟风貌。《封禅仪记》的这种开创性的山景描写具有重大意义。它从实践上突破了古人对名山大川的单纯的宗教式的崇拜，开始有意识地记录人类对自然美的欣赏。但从严格意义上说，这篇作品也算不上一篇完整的游记作品，正如王立群教授所说的：“显而易见，马第伯的《封禅仪记》还不是我们今天所说的具有文体意义的山水游记，它只是汉代封禅大典的真实记述。从《封禅仪记》的写作目的、行文重点——对泰山封禅全过程的详细记述中都可以看出来。但是，它的出现却标志着中国古代山水审美意识继孔子‘比德’学说之后，首先在实践上对自然神秘论做出了一次重大的突破。”但即便如此，《封禅仪记》在我国古代游记散文史中也完全能称得上是具有开创意义的一篇作品。

两汉时期，尚没有完全独立成篇的游记作品面世，所以说这个时期还属于游记萌芽时期。“庄老告退，而山水方滋”（《文心雕龙·明诗》）。随后到来的魏晋南北朝时期，是南北文化大融合、大交流的时期。这一时期，有学者认为是古代山水游记正式开始形成的阶段。但这一时期，游记出现的形式主要还是诗序、书札等。其中以诗序形式出现的游记有东晋僧人慧远的《庐山诸道人游石门诗序》、书圣王羲之的《兰亭集序》。东晋隆安四年仲春，慧远与住庐山的众道人同游石门，众道人先后赋诗纪游，慧远则作了诗序，这篇诗序是专门为这次游记所作的序。全篇凡写景状物无不形象生动，文辞典雅，文句为近骈文形式，文末因景而引发议论，颇带有晋代特有的玄谈气味。王羲之的《兰亭集序》，同样是一篇“序言式”的游记名篇。其中以书札形式出现，且比较著名的游记作品有鲍照的《登大雷岸与妹书》、陶弘景的《答谢中书书》、吴均的《与朱元思书》《与顾章书》、祖鸿勋的《与阳休之书》等，这些都是这一时期具有代表性的作品。在《登大雷岸与妹书》中，那高耸峥嵘的雄山峻岭，那幽深广漠的深林暮野，那烟波浩渺的浩瀚长江，那渔舟沙渚、雁翔鹤鸣的水泽洪波……作者全都一一细致描摹得如一幅酣畅淋漓的水墨画卷，使人读后如身临其境。《与朱元思书》中那沉影凝碧的“异水”，那比高竞远的“高山”，那泉水声、鸟鸣声、蝉噪声、猿啼声，在高岩深谷中传出的清幽的音响，都一一扣动心弦，引人遐想。这两篇游记虽然在写景上都有极为逼真的写实铺陈，但在表现手法上还处于山水游记的初级阶段，其大量篇幅还只是客观地描山摹水，没有注入太多作者的个人情感、思想、议论等因素进去，没有明显的作者的个人审美情趣在里面。

在鲍照、吴均之后，代之而出的游记名篇当数郦道元的《水经注》。这部作品既是一部地理专著，又是一本出色的散文集，应当说这部著作是游记发展史上一部里程碑式的作品，它代表了这一时期游记文学的最高成就，它虽是作者为前人的地理书所作的注释，但其中因水写山、缘地记事，描绘山川景物、风土人情与名胜古迹的文字，文学价值极高。刘熙载在《艺概》中指出，“郦道元叙山水，峻洁层深”，可以说郦道元的《水经注》的出现，为后来柳宗元的山水游记做了一个先导。

还有一个必须提及的问题，就是晋宋时期出现的所谓“地记”，亦是这一时期游记散文发展的亮点。地记也可称山水记，是专记一山一水的山水散文。其与山水游记的本质区别是，略去游踪而专记述山水景物，它是以空间为线索组织成篇。晋宋“地记”，包括东晋袁山松写的《宜都记》和刘宋时盛弘之写的《荆州记》等作品。东晋人袁山松所著的《宜都记》，描叙三峡风光，这篇作品是依靠《水经注》的结集才得以保存下来。文中写景十分简练，抒情味道很浓，借古事抒发个人的情怀。钱锺书先生曾赞誉这篇文章是“山水记由附庸蔚成大国的标志”。《荆州记》则主要是记载荆州与古代楚国的地貌及其变迁，以及各地的乡情、盛物、人事典故、名胜景点等。《宜都记》《荆州记》，其中都有专门描写山水的文字，说这两篇文章是山水散文的雏形应当不为过，但如果说它就是独立成篇的山水文则略有不妥，因为，这两篇文章确实只是一些山水的片断记叙而已。概而论之，《宜都记》《荆州记》和南北朝时期所有记叙山水的文字一样，它们对古代山水游记散文体例的最后形成起到了某种借鉴作用，这一点还是可以肯定的。

唐代是山水游记散文定型阶段。唐朝在政治上实行招贤纳士的方针，从而推动了文化上的大繁荣、大发展。这一时期的文人学士，他们的文章多与现实结合，并注重抒发个人感受。在文法上，一直到中唐的开元盛世为止，初唐时期的文坛，大体仍旧沿用南朝以来一直盛行的流于对偶、声律、典故、词藻等形式的骈文形式。唐玄宗天宝年间至中唐前期，萧颖士、李华、元结、独孤及、梁肃等人，曾经先后提出“宗经明道”的文学主张，并鼓励使用散体作文，这些人最终成为“古文运动”的先驱。韩愈、柳宗元则在此基础上，进一步提出了一套完整的古文理论，提出恢复先秦两汉散文质朴自由的特质，以散行单句为主，不受格式拘束，为文以反映现实生活、表达思想为核心的文风。为此，他们写出了数量相当的优秀古文作品，当时有一大批学生与学者追随、响应，终于在文坛上形成了声势浩大的“古文运动”，把古代散文的发展推向了一个新的阶段。正是在“古文运动”的推动下，山水游记也有了一个长足的发展。这时的山水游记无论是思想内容，还是艺术技巧，乃至于语言修辞，文章体例，都逐渐成熟起来。它最突出的特点，是突破了前期山水游记仅限于叙述、描写的格局，在文章中注入了抒情、寄托和议论的成分。这一特点实是从元结的《右溪记》开始，但最终成熟圆满于柳宗元笔下。

元结的文章注重描写和抒情，使主体的人和客体的景达到完美的融合，他的游记名篇《右溪记》，记述了道州城郊一条小溪的秀美景色，文中他以细腻的笔触描绘出右溪的清新秀丽，并且在写景中寄寓自己怀才不遇的身世感叹。元结的这种以景寄情的游记创作手法对唐代以后的游记创作产生了深远的影响。清末古文家吴汝纶评价元结："次山（元结）放恣山水，实开子厚（柳宗元）先声，文字幽眇芳洁，亦能自成境趣。"柳宗元，字子厚，唐宋八大家之一，年轻时才高气盛，贞元二十一年（805），出任礼部员外郎，参与王叔文等人的政治革新。不久，永贞革新失败，领导革新的王叔文等人被罢黜，柳宗元也因此被贬为永州司马。在谪居永州期间，柳宗元寄情山水，留下了一系列的游记佳作，其中于元和四年（809），发现并记下西山、钴鉧潭、钴鉧潭西小丘、小石潭等佳景。于元和七年（812），发现袁家渴、石渠、石涧、小石城山，前后共计八处山水佳境，于是结集成《永州八记》。《永州八记》是古代游记散文中的一块烁烁放光的丰碑，标志着古代游记散文的最高成就。也正是自《永州八记》之后，真正意义上的独立成篇的游记形式才出现，并在此后的一千多年的古代散文发展中，分离出一支庞大的文学分支，并蔚然成观！《永州八记》基本采用的视角是移步换位法，也即是按"游踪"依空间的转换，对景物进行描摹。柳氏笔法工于写实，极尽精雕细刻之能事，刘熙载在《艺概·文概》中说柳宗元："记山水……无不形容尽致。"如《至小丘西小石潭记》在写见到小潭前，作者的行踪、听觉、心境及行道，都层层进行描摹，使读者读来一目了然。写小潭的"水尤清冽"，从"全石以为底"等侧面加以描绘；

写岸边，是用“青树翠蔓，参差披拂”来形容。这样，从潭外到潭内，再到潭上、潭的四周，一一描绘得井然有序、清晰在目。本篇中写潭水、游鱼最为精彩：“潭中鱼可百许头，皆若空游无所依。日光下澈，影布石上，佁然不动，俶尔远逝，往来翕忽，似与游者相乐。”作者在这里写潭水，竟然无一字正面去写，全部用客体来反衬。使人读来，感觉鱼在水里游，就像在空中浮游一般，从而衬托出潭水的清澈。“日光下澈，影布石上”，又表明潭水不单是清澈，而是透明到光影无遮的程度。总之，描景状物，在柳氏的笔下都以简峻适淡的笔法，不多加渲染和修饰，只是忠实地描写和揭示出山水、鱼石的形貌及其自然之美。总的来说柳宗元的山水游记不仅在文体意义上是独立成篇的山水游记，另外在山水形象的塑造、艺术手法的运用、意境的营造、思想感情的抒发、游踪次序的记写、散文语言的创新等诸多方面，都做出了自己独特的贡献。正是有了这些创造，山水游记才有可能作为一种独立文体而得到历史的认可。

唐代游记名家佳作成就比较突出的，还有韩愈的《燕喜亭记》《记宜城驿》，白居易的《三游洞序》《草堂记》等，数量虽然不多，但多为贬戍宦游期间的作品。如《燕喜亭记》为韩愈早年贬官阳山时所作。《记宜城驿》为晚年谪迁潮州途中所写。前者主要记述替友人筑亭取名之事，以此寄托自己身逢不遇的感慨，以激励自己坚守节操。后者叙述宜城驿、楚昭王庙的沿革和习俗，抒发自己对国家衰落、军阀割据的悲哀。白居易的《三游洞序》是在江州司马调任忠州刺史途中写下的，记述作者及弟弟白行简在路上巧遇好友元稹，并同游三游洞的过程。作者借这一胜景因偏僻不为人所知的感慨，抒发自己怀才不遇的遭际。《草堂记》则作于贬官江州司马期间，以记叙自己筑室庐山，并打算归隐草堂的心志，作者抑郁不平的心态溢于言外。

此外，唐代还有几部笔记体的长篇游记也值得注意，如玄奘的《大唐西域记》、李翱的《来南录》等。这类游记不以山水为主要描写对象，而是记叙长途旅行所见所闻，行文上较为简略，也缺乏文采，但为后来的《入蜀记》《徐霞客游记》这一类长篇游记开创了先河。

宋代是我国古代散文山水游记的巩固、发展阶段。这一时期创新更多，贡献更大。两宋三百年间，散文山水游记得到了空前的发展，几乎所有的文学大家都涉足于山水游记领域，并创作了大量文辞优美、情致动人的佳作。如欧阳修的《醉翁亭记》《丰乐亭记》、范仲淹的《岳阳楼记》、柳开的《游天平山记》、王安石的《游褒禅山记》、苏舜钦的《沧浪亭记》、曾巩的《游信州玉山小岩记》、苏轼的《赤壁赋》《后赤壁赋》《石钟山记》、陆游的《入蜀记》、苏辙的《黄州快哉亭记》、张缗的《游玉华山记》、范成大的《峨眉山行记》、王向的《游石笼记》、王质的《游东林山水记》等。甚至连大儒朱熹，也一反理学家的铁板面孔，写下了《百丈山记》这样真情流露的精彩篇章，表现出清新、愉悦之气。应当说，宋代是古代游记文学发展的一个高峰。

除去对景物细致的雕琢和寄寓景物于情感，这些唐代游记的突出特征外，宋人在游记中大量地融入议论、注入义理，成为宋代游记散文的一大特点。南宋严羽在《沧浪诗话 · 诗评》中说："本朝人尚理而病于意兴，唐人尚意兴而理在其中。"明代杨慎在《升庵诗话》里也说："唐人诗主情，去三百篇近，宋人诗主理，去三百篇却远矣。"直白地说，即：唐诗主情，宋诗主理，主情者以风神情韵见长，主理者则以思理意趣取胜。重情韵者往往含蓄，重思理者则较显露。例如，王安石的《游褒禅山记》、苏轼的《石钟山记》、苏辙的《黄州快哉亭记》都是说理性极强的佳作。王安石的《游褒禅山记》，并不以记游写景为重点，而是就作者入山探洞的事实发议论、谈个人感受。行文非常别致，不要说在唐代是没有的，就是宋代在王安石之前也是不多见的。苏轼的《石钟山记》也以议论取胜。文章首先以夹叙夹议的方式谈到石钟山命名的两桩疑案：对郦道元的说法，“人常疑之”；对李渤的做法，“余尤疑之”。于是，自己开始探究石钟山命名的由来。接着写作者“乘小舟至绝壁下”，身临其境进行实地考察，迎面千尺大石倾斜而立，如野兽、厉鬼，扑面而来。老鹰飞起，磔磔怪叫，鹳鹤边咳边笑，有如老人。文章用比喻和夸张渲染一种恐怖气氛。“余方心动欲还，而大声发于水上，噌吰如钟鼓不绝。”至此，发现了石钟的奥秘，从而阐明作者凡事须“目见耳闻”，不能凭主观“臆断其有无”的主张。叙事、描写、议论结合在一起，成为一篇传世之作。这类游记的结构大抵相同，都是先写“游”之所见所闻，后就所见所闻的某一点发表议论，阐明某一道理。这一类游记，虽有说理，但仍以“游”为基点，并不喧宾夺主，其中也不乏精细雄奇的写景文字。

宋代游记中，许多名篇佳作不仅以写景、叙事、抒情相结合见长，而且以议论与说理取胜。范仲淹的《岳阳楼记》由写景到抒情，发挥了对忧与乐的人生见解，抒发了自己“先天下之忧而忧，后天下之乐而乐”的博大胸襟，成为古代托物言志类散文的一篇千古绝唱。欧阳修是北宋文学革新运动的旗手，他的散文无论是写景状物，叙事怀思，都有极强的感染力与震撼力。他的《醉翁亭记》更是别开生面，妙笔生花，文中时而描山摹水、时而抒发情感、时而在山中宴饮、时而写林中鸟鸣，但通篇贯串的只有一个“乐”字。所谓山水之乐、人情之乐、禽兽之乐、宴游之乐。这一切都是由作者主观感受里生发出来的“游而乐”。作者行文委婉含蓄，形成了自己独特的深沉厚重、含而不露的艺术风格。王安石是北宋著名的思想家和政治改革家，他在文法上提倡文以致用和有补于世，写诗著文常常针砭时事，直抒议论。他的《游褒禅山记》便是一篇以议论见长的文章。在文中，借景物阐发哲理，倾吐胸怀，显示出作为一名政治改革家寄托深远、格调高峻的艺术风格。苏轼是北宋文学发展最高成就的代表，渊博的学识和丰富的人生阅历赋予了他在文学上敏锐的观察力和纵横驰骋的想象力，从而在创作上能够突破种种局限，自由地表达各种意境。在《赤壁赋》中，面对滔滔江水和清风明月，作者即景抒情，议论风生，并通过主客问答的方式，抒发了自己对宇宙人生变与不变的看法，表达出自己豁达明畅的胸怀，给人以举轻若重之感。他的《石钟山记》既可以看成是一篇优美闲适的游记散文，也可以看成是一篇亢奋激昂的议论文，他那随手点拨、即景议事的文学素养，实是令后人高山仰止、难以企及的。宋代的另一位大文学家陆游的山水游记虽然数量不多，但在写法上却颇有特色。以《入蜀记》来说，作者将写景、记事、抒情、考证融为一体，笔法随意，舒卷自如，形成了一种独特的山水游记风格。此外，范成大的《峨眉山行记》、周密的《观潮》、林景熙的《蜃说》，也都是脍炙人口的名篇佳作，各有其独特的艺术成就。

金元，在古代游记史上属沉寂期，这时期游记作品的数量不多，但在题材和内容上也有一些新的开拓。比较著名的有，李孝光的《大龙湫记》、杨维桢的《干山志》、萨都剌的《龙门记》、许有壬的《林虑记游》、虞集的《小孤山新修一柱峰亭记》、麻革的《游龙山记》等。虞集的《小孤山新修一柱峰亭记》属于题记体游记类型，作者在文中融情感于情景之中，将长江之中的小孤山以中流砥柱之喻来形容，赞扬李维肃修固一柱亭的当为必为、敢作敢为精神。麻革的《游龙山记》主要是记叙游览山西龙山的见闻与思感，惊叹于塞外名胜的雄奇，文章巧于构思，妙于写景，夹叙夹议，不失为元代游记中一篇精品。杨维桢的《干山志》记录了作者游览松江干山两日的游程，文中详叙了山中偶遇隐居方外之士的情景。在行文上，作者勾勒渲染，极为传神写意，生动地反映出元、明之际士大夫之间普遍存在的消极心绪。但金元时期更多的游记作品文学水平一般，虽然游踪拓宽了，文章篇幅有所增加，但思想上较之唐宋时期明显有些粗杂。金代诗人元好问的《东游略记》，记述了金亡之后作者陪同县令从冠氏到泰安的一路见闻，文中主要记录了如何考证古迹，记写寺庙，列举碑刻，内容翔实，文字质朴，这篇游记文学性稍差些，结构显得松散，行文拖沓，但可归属为考察性游记，以知识见长。许有壬的《林虑记游》，记录了游览河南林虑山的过程，文中访古观胜，按游踪记叙，不乏情趣，其中描写水帘部分，尤为壮观，但行文显得呆板，文章也稍显冗长。萨都剌《龙门记》叙述游览洛阳龙门石窟的过程，全文记叙具体，没有过多的形容，但讥讽佞佛，精辟严峻，可以说是传承宋代说理叙述的衣钵，但文中议论稍显过多。这类作品的涌现，反映着社会思想的动荡，也表明游记艺术渐陷困顿，徘徊不前的现状。

经过金元的短暂沉寂，明代出现了古代游记文学高度繁荣昌盛时期。然而明代初期游记散文仍旧遵循自唐宋代以来拟古、复古的文风而毫无创新发展，游记的形式则依旧徘徊于唐宋以来寄慨、说理、记游几种体例之间。虽然在一些作品中也能表现出作者的政治倾向，传达出独特的艺术风格，但是在思想和艺术上仍旧没有突破传统的束缚。如“明初诗文三大家”的宋濂和高启，他们在《游钟山记》《游灵岩记》中都是借游览山景以寄托元、明改朝换代之际，因弃世厌俗而发出的感慨，同时表现出名士的清高情怀。但宋濂描述名胜古迹的观感，风格含蓄婉转。高启则不多描述，笔端阳升暗贬，风格诡谲机智。同样作为“明初诗文三大家”的刘基的《松风阁记》作于元末，记述游宿浙东会稽山顶、古松荫下松风阁的观感体悟。全文议论风发，状物如神，语言清丽，风格明快。此外，还有薛瑄的《游龙门记》、乔宇的《恒山游记》和张居正的《游衡岳记》这几篇都属台阁体游记的上乘之作。这几篇游记记述游赏的景观全不一样，但在文中却都能恪守正统，布局严谨，气度庄重，文辞典雅，含蓄赞颂了帝王的功德，俨然具有大臣胸襟。程敏政的《夜渡两关记》在文中叙述两次夜行遇虎的遭遇，文中也是叙事议论相加。王世贞《张公洞记》描述游览道教洞天福地的过程，文中立意却是驱除仙佛神灵的迷雾，这些都是游记中因景说理的佳作。至于杨慎《游点苍山记》则是身遭贬谪后而作，于是为我们又留下了一篇南疆胜概的佳作。

从明神宗万历年间到明代灭亡，随着文学上反对拟古、复古思潮的涌现，公安派率先提出了“独抒性灵，不拘格套”的主张，强调文学作品创作个性化。竟陵派提倡“幽深孤峭”的风格，在文风上追随公安派讲求新奇的笔法，而桐城派则在创作中讲究“义法”，提倡义理，依然沿着复古的路线前行，但他们要求语言雅洁，反对俚俗。这诸多文学流派的出现，不仅使游记表现手法变得多样化，更为重要的是，游记散文有了一种突破传统束缚的发展趋势。作者把山水名胜视为个人的审美对象，表现个人的审美情趣，不仅有不苟流俗的清高格调，更有不拘封建传统束缚的自发倾向。以袁宏道及其兄袁宗道、弟袁中道三人为代表的公安派，是体现这一发展趋势的代表作家。从创作上说，他们反对矫揉造作，提倡自然之趣，在作品中将作者的真情实感如实地表达出来，他们不仅把每一处山水景物看作一个完整的艺术创造，而且能鉴定这一处山水的独到的艺术特征，总之在文学创作上，他们是以个性的解脱为前提，以自然景物为塑造对象，以自然美为审美趋向，以清新活泼、自然率真的笔触来抒写闲情逸致的游记散文作品。袁宏道在《游盘山记》中一开头便指出盘山的特点是“外骨而中肤”，然后“述其最者”，重点描述了盘山的泉水、悬空的石头和盘山顶上的美景和奇趣。他的游记很少有政治方面的寄托、历史的感慨，更多的是轻浅的闲适之语。他曾对天目山和尚说：“天目山某等亦有些子分。”这种将自我融入大自然，俨然成为自然的一部分的闲适之心，实是超越古人的地方。袁中道在《上方》中行文如作山水画，而在行文中自然而然地流露出一股真情，颇得“性灵”之法。

明人对游历山水的兴趣较之前朝明显提升。公安派旗手袁宏道曾坦言“余性疏脱，不耐羁锁，不幸犯东坡、半山之癖，每杜门一日，举身如坐热炉。以故虽霜天黑月，纷庞冗杂，意未尝一刻不在宾客山水”。而竟陵派的钟惺则在文章中借用他老师雷何思的话说：“人生第一乐是朋友，第二乐是山水。”浙江山阴（今绍兴）人王思任，虽然不属于这两派之中，但他沉迷于山水的意趣却毫不逊色。汤显祖曾评价他：“往来燕越间，起禹穴、吴山、江、海、淮、沂，东上岱宗，西迤太行，归乎神都，所游目，天下之股脊喉腮处也。英雄之所踵，美好之所铺，咸在矣。”王思任的游记散文在明代的游记史上是占有一定地位的，对于他的游记风格，明人陈继儒在《王季重游唤叙》中曾评价：“王季重笔悍而神清，胆怒而眼俊，其游天台、雁荡诸山，时儒时壮，时嗔时喜，时笑时啼，时惊时怖，时呵时骂，时挺险而鬼，时蹈虚而仙。……大抵山川有眉目，借人而发；又无口，借人而言。”如《剡溪》这篇游记小品，文笔灵动犀利、描写率直、刻画细致、意趣诙谐，有其迥异于他人的独特之处。再看《小洋》一文，文章一开首便出语不凡：写山高，不直言其高，却说“天为山欺”；写水险，不写流水的湍急，却说“水求石放”；写行船之难，却不写激流险滩，只说“舟行一尺，水皆污也”；不用细加分析，这一串形象的形容，既出乎意料，又入乎情理，真正是“笔悍而胆怒，眼俊而舌尖”！更有妙者，文章接下来一段描写小洋一带自然景象的文字，真可谓“姿意描摹，尽情刻画”了，其色彩之斑斓，景象之奇妙，状物之传神，简直令人拍案。

晚明游记散文尤其以小品文最为出色。张岱的《陶庵梦忆》中便收录了不少精短的佳作。如《西湖七月半》，追忆明代杭州人七月半游西湖的习俗，勾画出达官贵人、名门闺秀、妓女僧人、无赖子弟及风雅文士等五类人的不同庸俗姿态，而以人散后独赏西湖月色之美，寄托高洁情怀，抒泄愤世情绪。刘侗在《水尽头》中则描述了北京卧佛寺、樱桃沟一带的景致，而以辨别声响、探究泉水源流为主题，寓意于格物致知，穷探究竟，讽喻浅尝辄止，一知半解。这篇小文构思精巧，写景优美，说理含蓄，属于说理游记一脉。

学界一直认为明代游记散文有两座高峰：一座是以公安、竟陵派为代表的山水小品散文，另一座便是徐霞客的游记散文巨著《徐霞客游记》。这是一部具有高度文学性的地理专著，是著者一生实地考察自然地理、山川地貌的资料整编。在这部日记体的著作中，作者投注了自己的全部志趣与快乐，因而书中不去过多地寄寓感慨。《徐霞客游记》对于名山考察，不仅记述详尽，而且所经历的路程无不进行详细的纪录，对地形、地貌的记述更是精彩，加上一年四季节气的变化记录，穿插作者个人的辨析。从整个行文来看，全文详略得当，重点突出，使人读来更觉厚重。在作品的文学性上，因为作者高度的文学修养，使文句简洁明了，文风清雅朴素，毫无雕凿痕迹，所以往往情景交融，意境高远。尤其是著者不畏艰险、攀登绝顶的勇敢与探索精神，更是令人感动。如前后两度游黄山的日记，十分形象地显现出“黄山之松无一不妙，黄山之石无一不奇”的黄山独特景观，充分体现出奋力攀登天都峰、莲花峰的快意和见到“秀绝人区”的美景的乐趣。初游雁荡山的日记，记述寻觅雁湖的历程，从侧面表现出作者勇往直前，无所畏惧，历经险阻，见证了一位旅行家、探险家的无畏探险的意志和胆略。《徐霞客游记》是继《水经注》之后地理专著的新高峰，也是古代游记中的一枚硕果。

清代，虽说是封建社会的最后一个王朝，但在文学发展上还是相当活跃的，诗词歌赋和散文、元明新兴的戏曲小说，都有所振兴和发展。游记散文也进入全面发展的阶段。这一时期，文人们的思想比较复杂，游记作品内容也表现出各种不同的倾向和特点。在艺术形式上，传统的各种艺术流派皆备，唐、宋以来游记散文艺术的积累，使清代游记写作拥有了肥沃的土壤和丰富的滋养，可以说精品累累，琳琅满目。总的趋势是不论述怀寄慨，还是说理记游，大多通过山水艺术美的鉴赏而表现出来，各展其长，各具风格。明、清易代之际，由于民族矛盾，前明遗臣文士崇尚气节，顺清文人大多心怀惭愧之心，因而游记多感慨之作。如王夫之的《小云山记》是明亡后的作品。作为一篇遗民性质的游记，记述了作者游览小云山的经过，抒发了作者对家乡山川美景的赞美。钱谦益的《游黄山记》则是在刻画欣赏山水景物之中，折射出对自身遭际、内心苦闷的感怀。这些游记的突出特点是风格迥异，但都深浅不一地反映出易代之际，因社会动荡不安，士大夫们的复杂思想情感。

随着“康乾盛世”的到来，清王朝的根基越发巩固，这时在文学上，古文、骈文都呈现复兴的状态。推崇唐宋古文传统，提倡“神理气味”，贬薄“格律声律”，主张“义理、考据、词章”并重的桐城派崛起，而独抒性灵的公安派也有后续发展。这种形势下，游记散文在思想和内容上大都突出了对优美山川的热爱，和对传统高雅精神的发扬这一主题，而在艺术表现上则更加精益求精，颇有一定程度的创新。从古代游记发展史来看，这一时期的游记作品对于近代游记的写作有着更为直接的影响，也更符合今天我们称之为“游记”这种文体的定义。

比较著名的游记作品，像朱彝尊的《游晋祠记》，记述了作者游览山西太原晋祠的感触。文章先是概述晋祠的沿革，然后由此触发江南乡思，而当这些历尽沧桑之后，却山水依然，从而传达出作者热爱祖国大好山河的情操。邵长蘅的《夜游孤山记》则以夜游杭州西湖孤山，抒情写景，凭吊古迹，抒发出作者对甘守清贫，坚守节操的感怀，对富贵不义世俗的愤慨。这一时期，成就比较突出的游记作品，主要出自桐城派作家。桐城派作家的杂文主要是以宣扬理学思想为主旨，而游记作品虽说说理性也较强，但有一部分作品却极有山水情趣。像方苞的《游雁荡记》便不太重视对山水的描摹，而是抓住雁荡山“独完共太古之容色”这一宏观景色，议论发挥理学家修身养性、格物致知的道理，这很明显保有桐城派的特色，但内中也不乏富有理趣。姚鼐是桐城派的代表作家，游记作品更属其中佼佼者。《登泰山记》记述寒冬腊月登临泰山、除夕拂晓坐观日出的情景。这篇游记结构简单，笔调雅淡，而记事翔实，写景有神，抒情有味，在自然而然中流露出一种豪迈气概，于朴实之中描摹出泰山尊严自若，意境含蓄，风采清扬的人性化性格。可谓融会“义理、考据、词章”于一体，耐人寻味。恽敬的《游庐山记》叙述了游庐山六天的观感，对路程、名胜、古迹都作了简略的记述，“而于云，独记其诡变足以娱性逸情如是”，重点突出地描述了阳湖上的云障奇景和香炉峰下的云海壮观，使人读来不觉生动形象，饶有情趣。可见从桐城派发展出来的阳湖派，在游记写作上更注重山水情趣，这也是清代游记发展的一种趋势。清代性灵派代表作家袁枚的游记，对山水造物艺术的鉴赏品评不如明代袁宏道精道，但他却把诙谐语言转变为辛辣的讥刺，传达出一种摆脱束缚的激愤情绪。尤其在他晚年重游桂林时所作的《游桂林诸山记》中表露得更加鲜明突出。他登独秀峰顶，“望七星岩，如七穹龟团伏地上”，游栖霞寺洞，厌恶洞中漆黑，觉得洞口一堵，等于活活殉葬，即使有一点儿白色，却是绝壁的反光，就像“世有自谓明于理、行乎义，而终身面墙者”。袁枚在山水刻画中发泄着自己的激愤，迸发出一种追求个性自由的倾向，较之王思任的浪漫不平则更进一步。龚自珍是今文经学派重要代表人物。他的游记政论性强，现实意义深刻，形式类似杂感，艺术上富于独创。其《己亥六月重过扬州记》写于鸦片战争爆发前一年，他以记游述感的方式揭露封建士大夫日益堕落的精神面貌、生活状态，紧扣“重”字，篇末借“六月”酷暑天气喻恶浊风气，用渴望清凉秋风来寄托变革的要求。他的《说京师翠微山》用“说”的方式，以拟人的笔法来写游记，把一座小山写得富有人情，深通世故，显得新鲜活泼，确属游记散文艺术之独创。这时期游记作品风格迥异，流派纷呈，比较突出的还有：张道浚的《游劳山记》、王昶的《游珍珠泉记》、李调元的《西樵》《霍山》、洪亮吉的《游天台山记》等。

清代的游记作品大多为模山范水的文字，在传统上或承于唐，在描写技法上摹真写实，精雕细刻；或继于宋，将义理注入文中，叙议结合，借景立论；或传于明，独抒性灵，因景抒情。或是表现作者的一定见解，或是反映时代某些声息，体现出一定的思想意义。所以于清代游记作品来说，呈现出的是百花齐放的态势，各流派的承继者纷纷出现，你方唱罢我登场。从而构成了我国古代封建社会最美的一幅夕阳画卷，也成为古代游记文学最终的绝响！

2020 年 3 月 1 日星期日于俟庐、小海地

目录

游雁荡记

方苞

作者简介

方苞（1668—1749），字凤九，一字灵皋，晚年号望溪，江南桐城（今安徽桐城）人。清代散文家。康熙四十五年（1706）中进士第四名。时因母病回乡，未应殿试。康熙五十年（1711），《南山集》案发，方苞因给《南山集》作序，被牵连下刑部狱，定为死刑。在狱中两年，方苞仍坚持著作，著成《礼记析疑》和《丧礼或问》。康熙五十二年（1713），因重臣李光地极力营救，使得康熙皇帝亲笔批示“方苞学问天下莫不闻”，遂免死出狱，以平民身份入南书房作皇帝的文学侍从，后来又移到养蒙斋编修《乐律》。康熙六十一年（1722），充武英殿修书总裁。雍正九年（1731）解除旗籍，授詹事府左春坊左中允，后累迁至翰林院侍讲学士、内阁学士、礼部侍郎。清乾隆元年（1736），再次入南书房，充《三礼书》副总裁。乾隆四年（1739），被谴革职，仍留三礼馆修书。乾隆七年，方苞因病告老还乡，乾隆帝赐翰林院侍讲衔。从此，他在家闭门谢客著书，乾隆十四年（1749）病逝。享年八十二岁，葬于江苏六合。方苞是桐城派散文创始人，与姚鼐、刘大櫆合称桐城三祖。著有《周官集注》《周官析疑》《礼记析疑》《丧礼或问》《离骚正义》《文集》《集外文》等，另删订了《通志堂宋元经解》传世。

癸亥[1]仲秋，望前一日入雁山[2]，越二日而反。古迹多榛芜[3]，不可登探，而山容壁色，则前此目见者所未有也。鲍甥孔巡[4]曰："盍[5]记之？"余曰："兹山不可记也。永柳[6]诸山，乃荒陬[7]中一邱一壑，子厚[8]谪居幽寻以送岁月，故曲尽其形容。若兹山，则浙东西山海所蟠结，幽奇险峭，殊形诡状者，实大且多，欲雕绘而求其肖似，则山容壁色乃号为名山者之所同，无以别其为兹山之岩壑也。"

而余之独得于兹山者，则有二焉。前此所见，如皖桐之浮山[9]、金陵之摄山[10]、临安之飞来峰[11]，其崖洞非不秀美也，而愚僧多凿为仙佛之貌相，俗士自镌名字及其诗辞，如疮痏蹶然[12]而入人目。而兹山独完其太古之容色以至于今。盖壁立千仞，不可攀援，又所处僻远，富贵有力者无因而至，即至，亦不能久留，构架鸠工以自标揭[13]，所以终不辱于愚僧俗士之剥凿也。又，凡山川之明媚者，能使游者欣然而乐，而兹山岩深壁削，仰而观俯而视者，严恭静正之心，不觉其自动。盖至此则万感绝，百虑冥，而吾之本心乃与天地之精神一相接焉。

察于此二者，则修士守身涉世之学，圣贤成己成物之道，俱可得而见矣。

注释

[1] 癸亥：指乾隆八年，1743 年。

[2] 望前一日：即阴历十四日，古代称十五为望日。雁山：即雁荡山。

[3] 榛芜：草木丛杂，形容一片荒凉的景象。

[4] 鲍甥孔巡：即鲍孔巡，方苞的外甥。

[5] 盍：何不，为什么不。

[6] 永柳：即永州、柳州，在湖南省南部，当年柳宗元曾贬戍于此，并写下著名的《永州八记》。

[7] 陬（zōu）：角落，引申为偏远的地方。

[8] 子厚：即柳宗元，字子厚，唐宋八大家之一。

[9] 浮山：位于安徽省安庆市皖江北岸的枞阳县，南临白荡湖，北靠长江，以奇峰、怪石、巉岩、幽洞构成四大奇观。

[10] 摄山：即栖霞山，在南京市北，为东南名胜之一，山中多产草药，可以摄生（保养身体），故又名摄山。

[11] 临安：即杭州。飞来峰：一名灵鹫峰，在西湖西北岸灵隐寺前。相传东晋时印度和尚慧理见此山，赞叹说："此是中天竺国灵鹫山之小岭，不知何年飞来？"因此而称"飞来峰"，为西湖胜景之一。

[12] 痏（wěi）：疮。蹶（jué）然：歪斜不正，别扭的样子。

[13] 鸠工：集聚工匠。鸠，聚集。标揭：标榜扬名。

译文

乾隆八年中秋节前一日，我进入雁荡山，游玩了两天才回来。山中的古迹大多已经野草丛生，一片荒芜，不能攀登探寻了，而雁荡山的姿容、峭壁风光与我从前去过的地方完全不同。我的外甥鲍孔巡说："何不写篇游记？"我说："这座山不可记啊。永州、柳州的山，不过是荒僻角落的一座土丘、山沟，柳宗元贬官居住，以寻幽探胜来打发日子，所以才用尽辞藻来形容它的样子。而雁荡山则盘曲在浙江东南的山海之中，清幽奇峻，险要陡峭，奇形怪状的山峰，实在是高大而且繁多。想要以词句的雕饰来形容雁荡的外形，则只能将雁荡风光描画得与其他名山相类似，而不能将它的独特之处显现出来。"

而我以为雁荡山的独有之处有两点。在之前见过的山中，如安徽桐城的浮山，南京的栖霞山，杭州的飞来峰，它们的山崖洞窟不是不秀美，是那些愚蠢的僧人喜欢在山上雕凿仙佛的貌相，那些庸俗的名士又爱在上面镌刻自己的名字和诗词，就如同长了疮疤一样惨不忍睹。而雁荡山独能从远古一直保持山的姿容到现在，是因为雁荡山壁立千仞，不可轻易攀援，又因所处在僻远的地方，那些富贵且有权势者一般没有特殊的原因不会来此，即便来了，也不会久留，更不会花费时间、财力来标榜自己曾经来此一游，这就是雁荡山始终没有被愚僧俗士斧凿相加，使岩壁剥落，致其受辱的原因。另外，那些秀丽明媚的山川，能使游者欣然而乐，但雁荡山岩洞深邃、崖壁陡峭，抬头观望、俯身探视之间，严肃恭敬、平静端正的心油然而生。因为一到了这儿，人世各种杂念和忧虑就会消失，而我的本心完全与天地之精神相连接。

知晓了这两点，那么高洁之士守身处世的学问，圣人贤哲成己成物之道，都可以得到和了解了。

赏析

雁荡山在浙江省乐清市境内，放眼望去万山重叠，峰峦雄列，奇峰遮天，气势磅礴。徐霞客曾赞说："四海名山皆过目，就中此景难图录。"乾隆八年的秋天，当时七十八岁高龄的作者，因老病获假回乡休养，趁前往浙东求医之便，游览了天姥、雁荡诸山。本文虽是一篇游记，却并不重在写景，借雁荡山而阐发个人的论点，并引申发挥，进一步阐明了为人处世的道理，从而鲜明地表达出作者对世俗的鄙视。文中先贬薄柳宗元游记内容琐碎而无聊，处处着眼于"一邱一壑"的描写，因无所事事，以寻幽探胜来打发日子，所以才用尽辞藻来刻画他的游记作品。而雁荡山却是"实大且多"，所以要写雁荡山就不能光注重雕绘外形，而应求其肖似，并着眼于它整体的内在精神。由此作者进而提出两点体会。一是雁荡山因险峻僻远而未被愚僧俗士的雕像题字所玷辱，故而保全了远古的容色；二是雁荡山岩深壁削，气象森严，令人萌发"严恭静正"之心，与天地的精神相互融合。因此，作者强调这两点是修士、圣贤取得事业成就的根本。所以说，这是一篇借题发挥、宣扬修身的议论式游记。它在思想上阐发的仍旧是古代希圣希贤的道学思想，但在写作上颇具特色，结构简洁，说理清晰，形容得体，紧紧抓住雁荡山的整体特点，对比论说得较为合情合理，所以从表现形式上看，其艺术成就亦为可观。

游潭柘[1]记

方苞

康熙戊戌夏四月望后七日[2]，余将赴塞上，寓安偕刘生师向过余[3]。会公程可宽信宿[4]，乃谋为潭柘之游，而从者难之，曰："道局窄不利行车，穷日未可达也。"少间，云阴合，厉风起，众皆以为疑。寓安曰："车倍僦[5]，雨淋漓，诘旦[6]必行。"

既就途，果回远，经砠碛[7]，数顿撼。薄暮抵山口，而四望皆荒丘，虽余亦几悔兹行之劳而无得也。入山一二里，径陡仄[8]，下车步至寺门，而山之面势始出，林泉清淑之气，旷然与人心相得。时日已向暝，乃宿寺西堂。质明起，二子披衣攀蹑[9]，穷寺之幽与高；降而左，出寺循山径东上，求潭柘旧址。泉声随径转，林树密蒙，如行吴越溪山中，遇好石，辄列坐，淹留不能进。日将中，从者曰："更迟之，事不逮矣。"余拂衣起，二子相视怅然，计所历于山，得三之二，去潭侧二里，竟不能至也。昔庄周[10]自述所学，谓与天地精神往来。余困于尘劳，忽睹兹山之与吾神者善也，殆恍然于周所云者。

余生山水之乡，昔之日，谁为羁绁者？乃自牵于俗，以桎梏其身心，而负此时物，悔岂可追邪？夫古之达人，岩居川观[11]，陆沉[12]而不悔者，彼诚有见于功在天壤，名施罔极[13]，终不以易吾性命之情也。况敝精神于蹇浅[14]，而蹩躄[15]以终世乎？余老矣，自顾数奇，岂敢复妄意于此？而刘生志方盛，出而当官。得自有其身者，惟寓安耳。然则继自今，寓安尚可不觉寐哉？

注释

[1] 潭柘：潭柘山，在今北京市石景山西，是西山的一条支脉。潭柘山山势磅礴，连拥三峰，旁有二潭，潭上原有古柘树千棵，因此而得名。山上有寺院一座，晋代初建时名嘉福寺，唐代改名为龙泉寺，至明代改称潭柘寺，清代康熙时，一度改名为岫云禅寺。

[2] 康熙戊戌：即康熙五十七年（1718）。四月望后七日：即四月二十二日。

[3] 过余：拜访我。

[4] 公程：因公外出行。信宿：连宿两夜。

[5] 倍僦：加倍地付租赁费。僦，租赁。

[6] 诘旦：转天早晨。

[7] 砠碛：泛指沙石地带。砠，上面有土的石山。碛，沙石积成的浅滩。

[8] 陡仄：陡峭且狭窄。

[9] 攀蹑：攀登。

[10] 庄周：战国时期哲学家。曾为漆园吏。主张清静无为，独尊老子而摈斥儒墨。曾著有《庄子》一书。

[11] 岩居：在岩洞里居住。川观：观赏流水。这两处都是比喻隐居不仕。

[12] 陆沉：无水而沉，比喻隐居。语出《庄子·则阳》：“方且与世违，而心不屑与之俱，是陆沉者也。”注：“人中隐者，譬无水而沉也。”

[13] 名施罔极：名声流传无穷。

[14] 蹇浅：困苦、狭窄的境地。

[15] 蹙蹙：局促不舒展的样子。

译文

康熙五十七年夏天四月二十二日，我准备前往塞上，寓安同刘师向一起来拜访我。恰好公务出行可以宽限两天，于是就谋划去游览潭柘山，可是随从的人却为难地说：“道路狭窄不好行车，一整天也不可能到达。”一会儿，乌云密布，狂风大作，大家都开始担心这次行程。寓安说：“多租些车辆，即使大雨淋漓，明天清晨也一定前往。”

上路以后，果然路途迂回遥远，车子经过沙石地带，屡屡摇动颠簸。一直到傍晚才抵达山口，可是向四外张望都是荒凉的山丘，即使是我也几乎后悔了这次出行，而且劳而无功。进山一二里路，道路越发陡峭狭窄，下车一直步行到了寺门，大山的气势这才呈现，树林山泉清和秀美的气韵，空旷之势与人心相迎合。当时天色已近黄昏，于是就住宿在寺院的西堂。天刚亮就起身下床，两个朋友披上衣服开始攀登，游览完了寺庙的幽静之处和最高之处；从高处下来向左走，出了寺庙沿着山路向东面攀爬，寻找潭柘寺的旧址。一路上，泉水声随着山路流转，树林草木繁茂蒙密，好像是行走在吴越的山水之间，遇到好看的石头，就依次坐下，停留下来不再前行。时间接近中午，随从的人说“：“再拖延的话，返程就来不及了。”我撩起衣襟起身，两位朋友相视一望感觉很失落，回顾所游历过的山水，才三分之二，距离潭边还有二里，竟然就不能到达了。过去庄周自述所学，说与天地精神相往来。我被尘世劳碌所困扰，忽然看到这座山与我的精神相通啊，这恍惚间忽然明白了庄子所说的话。

我生长在山清水秀之乡，过去，是谁束缚了我的身心呢？其实是我自己被尘世劳碌所困，使我的身心被桎梏住，实在是有负于此时的景物，后悔怎么还能追回来呢？过去那些贤达之人，居于岩穴、观赏川流的隐逸之士不后悔的原因是，他们确实可以在天地间建立功勋，名声流传于世，但他们始终不愿意用这些功名来换取自己生命中的精神情感。更何况让自己的精神疲惫于那些鄙陋浅薄的小事，从而窘迫地终其一生？我老了，自己回顾自己的一生命运乖舛，怎么还敢有这份妄想呢？而刘师向正是志气旺盛之时，离家当官。能够自由掌控自己的人，只有寓安。既然这样，从今天开始，寓安还可以不觉醒吗？

赏析

此文作于康熙五十七年（1718）夏。作者准备前往塞上，这时有两位朋友前来拜访，恰巧又有两天公务闲余，于是便携友一同游览了潭柘山。在这篇游记当中，作者没有刻意在山水的描写上下功夫，而是多着眼于写游者的心情。在入山前，因“道局窄不利行车”

所以大家是一种犹豫、踌躇的心情；待上路后，“果回远，经砠碛”，一直到了日暮才抵达山口，而“四望皆荒丘”，就连作者自己都有些后悔此行了；随后进山，虽下车步行，但“林泉清淑”，内心之中仍不免产生一种豁然开朗的心情；次日登山，听泉声、穿密林，有如行走在吴越溪水、山中的感觉，遇到好石，大家就列坐在上面休息一会儿，竟然产生留恋难行，依依不舍的心情；最后，因日暮降临，大家没有把山游完就返回了，内心之中不免是一种怅恨的心情。全文短小精悍，行文简单凝练，但刻画人物心理却极为细腻，在不同的时间、不同的地点、不同的情况之下，将大家的心情的变化起伏刻画得极为真实可信，非同泛泛。然而文章的重点还在于借景抒怀。作者这时刚刚出狱不久，虽然被留用编书，但“自顾数奇”，没有在政治上施展才干的可能。所以文章有“困于尘劳”之句，面对山川胜景，却被俗情牵系，而有“负此时物”之叹，反映出作者其志难伸、内心压抑苦闷的心情。

游虞山记

沈德潜

作者简介

沈德潜（1673—1769），字确士，号归愚，江苏苏州府长洲（今江苏苏州）人。清代诗人、学者。乾隆元年（1736），荐举博学鸿词科，乾隆四年（1739）中进士，授翰林院编修，乾隆帝喜其诗才，称其"江南老名士"。历任侍读、内阁学士、礼部侍郎等职，后又加礼部尚书衔，乾隆三十年（1765），封光禄大夫、太子太傅。乾隆三十四年（1769）病逝，年九十七，死后赠太子太师，祀贤良祠，谥文悫。后因卷入徐述夔案，遭罢祠夺官。著有《沈归愚诗文全集》和《说诗晬语》。又选编有《古诗源》《唐诗别裁集》《明诗别裁集》《清诗别裁集》等。他论诗主张"格调说"，标榜儒家"温柔敦厚"的正统"诗教"。

虞山去吴城才百里，屡欲游，未果。辛丑秋，将之江阴[1]，舟行山下，望剑门[2]入云际，未及登。丙午春，复如江阴，泊舟山麓，入吾谷，榜人诡云[3]："距剑门二十里。"仍未及登。

壬子正月八日，偕张子少弋、叶生中理往游，宿陶氏。明晨，天欲雨，客无意往，余已治笻屐[4]，不能阻。自城北沿缘六七里，入破山寺，唐常建[5]咏诗处，今潭名空心，取诗中意也。遂从破龙涧[6]而上，山脉怒坼[7]，赭石纵横，神物爪角痕，时隐时露。相传龙与神斗，龙不胜，破其山而去。说近荒惑，然有迹象，似可信。行四五里，层折而度，越峦岭，跻[8]蹬道，遂陟椒极[9]。有土埕魂礧[10]，疑古时冢，然无碑碣志谁某。升望海墩[11]，东向凝睇[12]。是时云光黯甚，迷漫一色，莫辨瀛海。顷之，雨至，山有古寺可驻足，得少休憩。雨歇，取径而南，益露奇境：巉腭[13]摩天，崭绝中断，两崖相嵌，如关斯劈，如刃斯立，是为剑门。以剑州、大剑、小剑拟之，肖其形也。侧足延伫，不忍舍去。遇山僧，更问名胜处。僧指南为太公石室[14]；南而西为招真宫，为读书台；西北为拂水岩[15]，水下奔如虹，颓风逆施，倒跃而上，上拂数十丈，又西有三沓石、石城、石门，山后有石洞通海，时潜海物，人莫能名。余识其言，欲问道往游，而云之飞浮浮，风之来冽冽，时雨飘洒，沾衣湿裘，而余与客难暂留矣。少霁，自山之面下，困惫而归。自是春阴连旬，不能更游。

噫嘻！虞山近在百里，两经其下，为践游屐。今之其地矣，又稍识面目，而幽邃窈窕，俱未探历。心甚怏怏。然天下之境，涉而即得，得而辄尽者，始焉欣欣，继焉索索，欲求余味，而了不可得，而得之甚艰，且得半而止者，转使人有无穷之思也。呜呼！岂独寻山也哉！

注释

[1] 江阴：古称暨阳，位于江苏省长江三角洲，东临常熟。

[2] 剑门：即剑门峰，位于常熟虞山西部。

[3] 榜人：船夫。诡云：谎称。

[4] 筇（qióng）屐：登山用的竹杖和木屐。筇，竹手杖。

[5] 常建：盛唐诗人，写诗多以山水寺观为题材。著有《常建集》。

[6] 破龙涧：又称斗龙涧，在常熟兴福寺正山门前，涧内山石都呈赭色，相传因龙斗山崩而成涧。

[7] 怒坼（chè）：暴裂开。

[8] 跻（jī）：登。

[9] 遂陟椒极：于是便登上山顶。陟，登高。椒，山顶。

[10] 垤磈礧：垤，小土堆。磈礧，同“磈磊”，成堆的石块。

[11] 望海墩：今江苏常熟市西北虞山最高处。其巅有石柱并列，相传有齐女墓在此。

[12] 凝睇：凝望。

[13] 龂腭（yín è）：牙龂，上腭。此处指山形怪异奇特。

[14] 太公石室：据宋代《吴郡图经续记》记载：“常熟县海隅山，石室凡十所，相传太公避纣居之。”

[15] 拂水岩：又称拂水晴岩，在常熟市虞山的南侧，是一面数丈高的陡峭山崖。

译文

虞山到吴城只有一百来里，多次想去游玩，一直没有成行。辛丑年的秋天，我准备前往江阴，当船经过虞山脚下时，远望剑门峰高入云际，但没来得及攀登。丙午年的春天，我又到江阴去，船停泊在虞山的山脚下，已经进入吾谷了，船夫却骗我说："距离剑门还有二十里。"这次仍然没能登上虞山。

壬子年正月八日，我带领张少弋、叶中理一起到虞山游览，晚上住宿在陶氏家里。第二天早晨，天空马上就要下雨了，两位朋友都不想去登山，而我已经准备好竹杖和登山的木屐，再也没什么能阻止我了。从城北出发顺着城边走了六七里，进到破山寺里面，这里是唐朝诗人常建吟诵诗歌的地方，如今这里有个水潭取名"空心"，就是取自常建诗中的意思。于是从破龙涧攀登而上，远望山脉暴起而断裂，赭红色的石头纵横排列，传说上面有龙的爪子、犄角抓磨过的痕迹，至今还若隐若现。相传龙跟神在此恶斗，龙没能取胜，就冲破大山而去了。传说的内容近乎荒唐，令人迷惑，然后这里留下了许多痕迹，似乎又值得相信。行走了四五里的山路，都是在重叠和弯曲中度过的，翻越山岭，登上石阶，于是就登上了山顶。上面有许多散乱的土坯和石块，我怀疑是古代的坟墓，但没有石碑、碣文、志传记录是谁的坟墓。登上望海墩，向东凝望。这时候云彩和天光都黯淡到了极点，天地迷蒙昏暗一片，连远处的大海也看不清了。不大一会儿，大雨而至，好在虞山中有一座古寺可以停下脚，休息一会儿。雨停了，重新上路一直向南出发，沿途不断出现秀丽的风景。两旁龈腭般的山峰直入云霄，险峻的大山仿佛被从中劈开，两边的山崖好像镶嵌在黄河岸边，像大门被劈开，又像刀刃直立，这就是剑门。用剑州、大剑、小剑来形容它，是因为它们的外形相像啊！我侧着身子站了很久，还是不舍得离开。后来，遇到山里的僧人，便问他山中还有哪些名胜。僧人指着南面说，那里还有太公石室；由南再往西是招真宫，那里曾经是读书台；西北是拂水岩，水流奔腾向下好似彩虹一般，大风逆吹，水沫向上飞溅高达几十丈。再往西面有三杳石、石城、石门，山的后面有一个石洞可以通向大海，那里不时有海里的生物潜游其中，其中有许多都是人们叫不出名字来的。我听明白了他的话，想问路前往游玩，但这时山上浮云流动，冷风不停地刮来，天上不时有雨飘落，沾在衣服上打湿了裘服，我和客人都没法在那里停留。不一会儿工夫，雨稍微停歇了，我们就从虞山的正面下山，困顿疲惫地踏上归途。从那之后，春雨连绵地下了二十多天，不能再次游玩了。

唉！虞山靠近吴城只有百里，我两次从山下经过，都没能登临。今天到了那个地方，对虞山稍稍有了一些了解，而那些幽深、秀丽的地方，都未曾探访游历过，心里很是不快乐。然而世间的种种境界中，经历了就会有所领悟，而一有领悟就想要穷尽所有，可是开始的时候很高兴，接下来便索然无味了，想寻找当初的那种渴求，却一点儿也找不到了。反而那些得来很艰难，而且得到一半就失去了的，却让人有无穷无尽的回味啊。唉！哪里只是游山寻胜才有这种感受呢！

赏析

这是一篇写虞山风光景色的散文游记。通篇来看，无论是描写近石远山，还是写苍烟雾霭，都充满了浓浓的诗情画意。全文以作者游览的行程为线索，采用移步换景、全面铺叙的写景手法，将登山所见的风光、景物逐一呈献在读者面前，或是远望，或是近观，或是仰视，或是俯瞰，文随境转，笔随视角不停变换，给人以不同的“视觉”感受。此外，在细致刻画景物的同时，作者还将人文景观融入其中，真正达到了景色的纯美与历史的厚重积淀相辅相成的艺术效果。如写拂水山庄旧址、破山寺、言子、仲雍墓等这些人文景观，就从侧面突出了虞山悠久的历史积淀与深厚的文化积累之胜。作为一篇山水游记，本文通篇呈现在读者面前的是一个与喧嚣尘世相割裂的静态的世外桃源，在作者的笔下时刻笼罩着一种淡雅的诗美意境。全文紧紧抓住了不同景物的特征，融情于景，刻画逼真，尤其是在文末写回望虞山：“令人欲反棹复至。”表现出作者“出世”之心蠢蠢欲动，寄情于山水的余心未尽，给读者留下“言尽而意无穷”的艺术效果。

游三游洞记

刘大櫆

作者简介

刘大櫆（1698—1779），字才甫，号海峰，安徽桐城人，清代散文家。刘大櫆二十多岁以布衣入京，方苞见到他的文章，极其叹服，并称赞他是和韩愈、欧阳修一样的一流人物，一时名噪京城，士大夫多愿与其结交。后于雍正七年（1729）、雍正十年（1732），两次参加考试都登副榜。乾隆六年（1741），由方苞荐举应征博学鸿词科，被大学士张廷玉压制落选。之后张廷玉得知刘大櫆与他是同乡后，深感惋惜，所以在乾隆十五年（1750），专门举其参试经学，又未被录取。直到六十岁后，刘大櫆才担任黟县教谕。几年后告归，居枞阳江滨不再出游，以文学教授生徒，默抑以终。著有《海峰文集》《海峰诗集》《历朝诗约选》《论文偶记》等。

出夷陵州治[1]，西北陆行二十里，濒大江之左，所谓下牢之关[2]也。路狭不可行，舍舆登舟。舟行里许，闻水声汤汤，出于两崖之间。复舍舟登陆，循仄径曲折以上。穷山之巅，则又自上缒危滑以下。

其下地渐平，有大石覆压当道，乃伛俯径石腹以出。出则豁然平旷，而石洞穹起，高六十馀尺，广可十二丈。二石柱屹立其口，分为三门，如三楹之室焉。

中室如堂，右室如厨，左室如别馆。其中一石，乳而下垂，扣之，其声如钟。而左室外小石突立正方，扣之如磬。其地石杂以土，撞之则逄逄然鼓音。背有石如床，可坐，予与二三子浩歌其间，其声轰然，如钟磬助之响者。下视深溪，水声泠然出地底。溪之外翠壁千寻，其下有径，薪采者负薪行歌，缕缕不绝焉。

昔白乐天[3]自江州[4]司马徙为忠州[5]刺史，而元微之[6]适自通州[7]将北还[8]，乐天携其弟知退[9]，与微之会于夷陵，饮酒欢甚，留连不忍别去，因共游此洞，洞以此三人得名。其后欧阳永叔[10]暨黄鲁直[11]二公皆以摈斥流离，相继而履其地，或为诗文以纪之。予自顾而嘻，谁摈斥予乎？谁使予之流离而至于此乎？偕予而来者，学使陈公[12]之子曰伯思、仲思[13]。予非陈公，虽欲至此无由，而陈公以守其官未能至，然则其至也，其又有幸有不幸邪？

夫乐天、微之辈，世俗之所谓伟人，能赫然取名位于一时，故凡其足迹所经，皆有以传于后世，而地得因人以显。若予者，虽其穷幽陟险，与虫鸟之适去适来何异？虽然，山川之胜，使其生于通都大邑，则好游者踵相接也；顾乃置之于荒遐僻陋之区，美好不外见，而人亦无以亲炙其光。呜呼！此岂一人之不幸也哉？

注释

[1] 夷陵州治：夷陵州的州城，在今天湖北宜昌市。

[2] 下牢之关：在今宜昌市西北，隋之前夷陵郡郡治在下牢关。

[3] 白乐天：即白居易。

[4] 江州：今天的江西九江。

[5] 忠州：今四川省忠县。

[6] 元微之：即元稹。

[7] 通州：今四川达县。

[8] 将北还：指由通州司马改任虢州（今河南灵宝）长史。

[9] 知退：即白行简。

[10] 欧阳永叔：即欧阳修。

[11] 黄鲁直：即黄庭坚。

[12] 学使陈公：指陈浩，字紫澜，昌平人，雍正年间进士。学使，即提督学政，也称提学使。

[13] 伯思、仲思：指陈浩之长子本忠，字伯思；次子本敬，字仲思。二人均为乾隆年间进士。

译文

出了夷陵州的州城，向西北陆行二十里，靠近长江的左岸，就是人们所说的下牢关。这一带道路狭窄无法通行，我们便舍离了轿子登上一条小船。小船行走了一里多路，听到一片哗哗的水声，从两岸的山崖间传了出来。于是我们又离了船，登上江岸，沿着一条狭窄的小路弯弯曲曲地向上攀登，一直登到山顶，然后又从山顶上垂下一根绳子滑了下去。那下面的地势渐渐平坦，迎面有一块巨大的山石覆盖压挡在道路中间，于是便佝偻着身子俯身从岩石的下边钻过去。出来之后眼前就豁然开朗、平坦空旷起来。面前是一个石洞，洞顶高高隆起，高有六十多余尺，宽大约有十二丈。两根石柱分别屹立在洞口，把洞口分成三个洞门，好像是一所三间的屋室一般。

中间的屋室像是厅堂，右边的屋室好似厨房，左边的屋室像是客馆。石洞的中间有一块岩石，像是乳房似的向下垂着，轻轻地敲击，发出的声音像是洪钟一般。而左边石室外头，有一块较小的岩石突起在正中间，轻轻地敲击它会发出钟磬一般的响声。其他的岩石都掺杂着泥土，撞击它发出像是擂鼓一般的嘭嘭声。石洞的背后有一块岩石，像一张床，可以坐人。我和两三个年轻人在洞里高声吟唱，发出轰然之声，好像有人敲击钟磬在伴奏似的。走出洞外向下俯看深溪，清泠的流水声好像是从地下传来似的。溪水之外，是数千尺高的青翠岩壁，岩壁下面有一条小路，樵夫背着柴草在小路上一边走一边唱，歌声悠扬不绝于耳。

过去，白居易从江州司马调任为忠州刺史，而元稹正好从通州返回北方。白居易带着他的弟弟白行简和元稹在夷陵相会。他们一起喝酒，非常欢快，甚至留连于此都不愿离去，因此一同游览了这个岩洞，洞也就因为这三个人同游而得名。之后，欧阳修和黄庭坚两位都因为遭到朝廷的贬戌而颠沛流离，先后来到这里，他们写下诗文记下了他们游览这座溶洞的情形。我看看自己不禁觉得好笑，是谁摒弃了我呢？是谁使我颠沛流离来到这里呢？和我一道来游览的，是学使陈公的儿子伯思和仲思。如果没有陈公，我即使想到这里来也没有机会，而陈公却因为公务缠身而没能前来，然而即使他能够来到这里游览，其中又有幸和不幸之分吗？

白居易、元稹这一类的人物，是世俗人称之为伟人的人，他们能够在一时取得显赫的名誉和地位，所以但凡是他们足迹到过的地方，都足以传之于后世，而这些地方也就由于他们到过而名声彰显。像我这样的人，即使是走遍偏僻之地、攀登险峻之山，和那些虫子、小鸟随来随往又有什么区别？即使是这样，那胜美的山水，如果处在交通方便的都市，那么喜欢旅游的人就会接踵而至。反之，如果它们地处在荒芜、偏僻的穷乡僻壤，它们的美好就不会轻易被外人所见，那人们也就无法亲身领略它们的风光。唉，这岂止是一个人的不幸呢？

赏析

本文是一篇叙议结合的作品，记述了作者游历三游洞的经过，对洞中奇特的景物进行了细腻的描画，并由此触景生情，怀古忧今，引发对人生的感慨。文章可分为前后两部分，前一部分主要是叙事写景，后一部分侧重抒情议论。文中写景，主要着重描写三游洞的位置、地势、外貌及内景，文字基本平铺直叙，但景物的特征却抓得极为准确，描写刻画鲜明。随即在后半部抒情议论部分，作者将昔日元稹、白居易三人共游此洞，并因此而得洞名的经历叙述了一番，从行文上看，是在说明洞名的由来，而从思路上看却是为下面借古论今张目。作者把自己同陈公相比，提出“幸与不幸”的慨叹。作者虽说诗文天赋异禀，但怎奈科场蹉跎，屡试不第，所以同白居易、元稹、欧阳修、黄庭坚等人当年的贬戍他乡相比，作者怀才不遇的苦闷自然在文中彰显无疑了，自比古人，人家还曾荣显通达过，“履其地，或为诗文以纪之”，或许还有些资格，而自己一介布衣，跑到这里来凭吊、哀伤，却又不免有些牵强或高誉自己，想到此竟自嘲：“谁摈斥予乎？谁使予之流离而至于此乎？”这一问于是便带出来陈公，可是即使陈公来了，“其又有幸有不幸邪？”随即引入最后作者对人生、世事的看法。元、白之辈，都是伟人，“凡其足迹所经，皆有以传于后世。”而自己呢，一介草民，即使“穷幽陟险”“与虫鸟之适去适来何异？”最后作者的见解又由人事升华到了“道”上，“山川之胜，使其生于通都大邑，则好游者踵相接也；顾乃置之于荒遐僻陋之区，美好不外见，而人亦无以亲炙其光。呜呼！此岂一人之不幸也哉？”人与物一理，为人所识，为世所识，才会通显，否则只能老生他乡，沉沦乡野，这便是作者对人生对自己命运的认识，或者说“认可”吧！

游晋祠[1]记

刘大櫆

太原之西南八里许，有周叔虞祠[2]。祠西为悬瓮山，出之东麓有圣母庙[3]。其南又有台骀祠[4]，子产[5]所谓汾神也。有泉自圣母神座之下东出，分左右二道。居人就泉凿二井，井上为亭，槛以覆之。今左井已淹，泉伏流地中，自井又东，沮洳[6]隐见，可十余步乃出流为溪。溪水洄湫[7]绕祠南，初甚微，既远乃益大，溉田殆千顷。水碧色，清泠见底，其下小石罗布，视之如碧玉，游鱼依石鳑往来甚适。水上有石桥，好事者夹溪流曲折为室如舟。左右乔木交荫，老柏数十株，大皆十围，其中厕以亭台佛屋[8]，彩色相辉映，月出照水尤可爱。溪中石大者如马，如羊，如棋局，可坐。予与二三子摄衣而登，有童子数人咏而至，不知其姓名，与并坐久之。

山之半有寺，凿土为室，缭曲宏丽，累石级而上望之，墟烟远树，映带田塍[9]如画。《山海经》云："悬瓮之山，晋水出焉。"[10]周成王封弱弟于唐地[11]，在晋水之阳，后遂名国为晋。既入赵氏[12]，称晋阳。昔智伯决此水以灌赵城[13]，而宋太祖复因其故智以平北汉[14]。甚哉！水之为利害也。唐高祖盖以唐公兴[15]，尝祷于晋祠。既定天下，太宗[16]亲为铭而书之，立石以祟叔虞之德。今其石在祠东，又其东为宋太平兴国[17]之碑。

是来也，余兄奉之官徐沟[18]，余偶至其署，因得纵观焉。念余之去太平兴国远矣，去唐之贞观益远矣，溯而上之，以及智伯及叔虞，又上之，至于台骀金天氏[19]之裔，茫然不知在何代。太原之去吾乡三千余里，久立祠下，又茫然不知身之在何境。山川常在，而昔之人皆已泯灭其无存。浮生之飘转无定，而余之幸游于此，无异鸟迹之在太空。然则士之生于斯世，虽能立振俗之殊勋，赫然惊人，与今日之游一视焉可也，其孰能判忧喜于其间哉！于是为之记。

注释

[1] 晋祠：在山西省太原市西南25公里处悬瓮山下，原为纪念周代晋国开国君主唐府叔虞而建。

[2] 周叔虞：周武王之子，成王之弟。成王封叔虞于唐，故叔虞亦称唐叔虞，是周代晋国的开国君主。

[3] 圣母庙：即圣母殿，殿内有圣母像，为叔虞之母像，另外还有精美的四十二尊侍女塑像。

[4] 台骀（tái）祠：台骀是传说中古帝王少昊的后裔，世为水官之长，被颛顼帝封于汾水，后来被当作汾水之神。

[5] 子产：即公孙侨。春秋时郑国贵族子国之子，当时著名政治家。

[6] 沮洳（jù rù）：潮湿。

[7] 洄湫：水流回旋的样子。

[8] 厕：古同“侧”，错杂。

[9] 田塍（chéng）：田间土埂。

[10]《山海经》：古代地理著作，共十八篇，作者不详，内容多记述的是传说中的地理知识，也有不少是远古的神话传说。“悬瓮”二句出自《山海经·北山经》。

[11] 周成王：周武王的儿子，名诵。武王死后因其年幼，由叔父周公旦摄政，成王亲政后分封诸侯，封其弟叔虞于唐。唐地：唐本为古国名，其地在今山西省翼城县西。

[12] 既入赵氏：春秋末，晋国被韩、赵、魏三家所灭。三家分晋后，旧唐地属赵国。

[13] 智伯决此水以灌赵城：智伯原为晋国卿，骄横跋扈，向赵强要土地，赵不与，智伯率韩、魏攻赵，引汾水灌晋阳。

[14] 宋太祖：宋朝第一个皇帝赵匡胤。开宝二年（969）宋太祖率兵伐北汉，围太原，“临城南，谓汾水可以灌其城，命筑长堤壅之，决晋祠水注之。”

[15] 唐高祖：唐朝开国皇帝李渊，贵族出身，袭封唐国公，隋炀帝大业十三年（617）任太原留守，乘隋末农民大起义之机，起兵反隋，攻入长安，不久建立唐王朝。

[16] 太宗：即唐太宗李世民。

[17] 太平兴国：宋太宗赵光义的年号（976—984）。

[18] 奉之：刘大宾，字奉之，刘大櫆的长兄。徐沟：旧县名，在山西省中部，晋祠东南不远。

[19] 金天氏：即少昊，传说台骀是金天氏的后裔。

译文

在太原西南八里的地方，有周代叔虞的祠庙。祠庙的西南是瓮山，山的东山脚下有圣母庙。圣母庙南边又有座台骀祠，这就是子产所说的汾河之神的祠庙。有泉水从圣母殿的神座下面向东流出，分出左右两条水流。当地居住的人就因这泉水开凿出了两口水井，井上建了一座亭子，并用栏杆围成一圈儿。现在左边的井已经废弃了，泉水只能在地下隐伏而流，从井再往东，隐约可以看见低湿之地，只走出十几步便从地上冒出流水并汇聚成小溪。溪水回旋，环绕在祠庙的南面，最初的时候很是细小，流到远处便越流越大了，灌溉田地将近千顷之多。溪水是碧绿色的，清澈见底，溪底密布着小石块，看上去就像是碧玉一般，游鱼依着石缝往来很是舒适。水面上有石桥，喜欢游览的人在溪流转弯的地方修建了一些房子，造了一些小船。溪水左右树荫掩映，苍老的柏树有几十株，大的有十围之粗，其中在侧面修建了亭台和佛堂，艳丽的色彩与绿树交相辉映，尤其是在月亮出来后照在水面上更是可爱。溪水中有石头大如马，如羊，如棋盘，可以坐在上面。我和两三个朋友撩起衣服登了上去，有几个儿童唱着歌也来到这里，不知道他们的姓名，和他们一样坐了许久。

在山的半山腰有座寺院，开凿泥土修建了一座寺院，香烟缭绕，廊亭曲折，殿堂宏伟壮丽。沿着石阶直上，向远方眺望，但见村墟之中烟炊袅袅，远处的绿树飘渺，映衬着田间的土埂，仿佛一幅美丽的画卷。《山海经》中说："悬翁山是晋水发源的地方。"周成王把他幼小的弟弟叔虞分封在唐地，在晋水的北面，后来就把国名取为晋。晋国被韩、赵、魏三家灭后，旧唐地归属为赵国，称为晋阳。

战国时，智伯曾决汾水灌赵城，宋太祖也用这个办法平定了北汉。啊，用水可以为害也可以为利啊！唐高祖是以唐国公的身份起兵反隋，他曾经来到晋祠祷告。天下平定后，唐太宗亲自书写铭文，镌刻在石碑上以推崇叔虞的功德。如今这块石碑在祠堂的东面，再往东为宋太平兴国兴建的石碑。

我这次游览晋祠，是因为我的兄长奉之在徐沟任官，我偶然来到他的官署，所以才痛痛快快地游览了一番。想来我现在离宋代的太平兴国已经很遥远了，离唐朝的贞观年间更遥远，再往上追溯，到智伯和叔虞时代，再往上，至于到了台骀金天氏的后裔的时代，一切便都茫然不知在什么时代了。太原离我的家乡有三千里地，久久地驻立在祠堂下面，又茫然不知此身在什么境遇之中。山川河流依然如故，而过去的这些人们早已泯灭无存了。人这一生飘浮没有定向，而我有幸能够来此游览，无异于像鸟儿在天空中飞过。然而作为一名士人生活在这个世界上，即使能建立震惊俗世的功勋，使世人赫然惊叹，那么也可以与我今天游览晋祠作等量齐观，这些谁又能分辨其中的忧喜呢？于是作了这篇游记。

赏析

刘大櫆的为文以才气著称，强调神气、音节、字句的统一，重视散文的艺术表现。而他的游记作品，又多于写景中寄托身世感慨。《游晋祠记》是他的著名游记散文之一。“太原之西南八里许，有周叔虞祠。”文章开篇即点明晋祠的地理位置，随后便以此为原点，从西、东、南三个方位铺展，简单介绍了晋祠的概况。接着便从圣母神座下的泉水开始，依观景的顺序次第介绍："居人就泉凿二井，井上为亭，槛以覆之。今左井已淹，泉伏流地中，自井又东，沮洳隐见，可十余步乃出流为溪。"随后依汇聚为溪的溪水，详细介绍它的形态、色质。然后是溪岸边的景色，石桥、房屋、乔木、老柏，亭台佛屋，所有的景物与溪水相辉映"彩色相辉映，月出照水尤可爱"。接着介绍溪中的石头，大的像是马、羊，于是"予与二三子摄衣而登，有童子数人咏而至，不知其姓名，与并坐久之"。从景到人，让人一下子仿佛感觉到了江南的乡野。接着，第二段由祠内转向祠外的描绘，累石级登上悬瓮山，放眼望去"墟烟远树，映带田塍如画"，然后作者将笔端伸向历史深处，从古至今一一介绍了晋祠的历史：周成王封弟于唐，建晋国；赵、韩、魏三家分晋，智伯决水灌城；唐高祖曾作唐公，后建立唐朝；赵匡胤曾在这里平定北汉。由景入议，一般来说即可止笔了，可作者却又进一步引出对身世的感慨"浮生飘转无定"，从中可以看出他的情绪是压抑的，刘大櫆一生科场失意，直到晚年才在黟县做了几年的教谕，后以布衣终老。这里虽然以"穷达忧喜皆可等量齐观"之论来自我安慰，但实际为自己终生未能"振俗之殊勋"而耿耿于怀。

游万柳堂[1]记

刘大櫆

昔之人贵极富溢[2]，则往往为别馆[3]以自娱，穷极土木之工，而无所爱惜。既成，则不得久居其中，偶一至焉而已，有终身不得至者焉。而人之得久居其中者，力又不足以为之。夫贤公卿勤劳王事[4]，固将不暇于此，而卑庸者类欲以此震耀其乡里之愚。

临朐相国冯公[5]，其在廷时无可訾，亦无可称[6]。而有园在都城之东南隅。其广三十亩，无杂树，随地势之高下，尽植以柳，而榜[7]其堂曰“万柳之堂”。短墙之外，骑行者可望而见其中。径曲而深，因其洼以为池，而累其土以成山；池旁皆蒹葭，云水萧疏可爱。

雍正之初，予始至京师，则好游者咸为予言此地之胜。一至，犹稍有亭榭。再至，则向之飞梁[8]架于水上者，今欹卧[9]于水中矣。三至，则凡其所植柳，斩焉无一株之存。

人世富贵之光荣，其与时升降，盖略与此园等。然则士苟有以自得，宜其不外慕乎富贵。彼身在富贵之中者，方殷忧[10]之不暇，又何必朘[11]民之膏以为苑囿也哉！

注释

[1] 万柳堂：在北京广渠门内。最初为元朝宰相廉希宪的别墅，据记载：“万柳堂前数亩池，平铺云锦盖涟漪。”万柳堂池中种了许多莲花，池边遍植柳树。清初时大学士冯溥慕其名，便为自己的别墅取名“万柳堂”。康熙初年，于此设博学鸿词科，召集文学志士。乾隆年间废弃。

[2] 富溢：极富。

[3] 别馆：即别墅。

[4] 勤劳王事：为朝廷操劳、效力。

[5] 冯公：即冯溥，益都（今山东青州）人，顺治年间（1644—1661）进士，曾任吏部侍郎，康熙年间（1662—1722）擢为刑部尚书、文华殿大学士，颇得康熙皇帝信任。

[6] 訾（zǐ）：毁谤、非议。称：赞誉。

[7] 榜：题匾。

[8] 飞梁：悬空修建的桥梁。

[9] 欹卧：倾倒。

[10] 殷忧：深忧。

[11] 朘（juān）：剥削。

译文

以前的人，富贵到了极致，往往就要修造别墅来供自己享受，即使耗尽土木之工去建造，也在所不惜。等到建成，却不见得居住其中，只是偶然来一次罢了，甚至有终身都没到过的。而能够常居住在里面的人，却又无力去建造这样的别墅。其实，贤能的公卿将相整天为国事操劳，根本没有闲暇顾及于此，只有那些庸俗卑下的人，才会想起用建造豪华别墅向家乡那些愚痴的人炫耀，使他们震惊。

临朐人冯溥是康熙朝的宰相，他在朝廷任职时政绩平平，既没有让人毁谤之事，也没有被人赞誉之事。他有座园林在城的东南角。园的面积有三十亩大小，园中没有杂树，只是随着地势的高低遍植柳树，因而在园中的匾额上题为“万柳之堂”。在矮墙的外面，骑马经过的人可以望见园中的景色。弯曲的小路一直伸向深处，利用园中低洼的地势建成了池塘，又将挖掘出的泥土堆积成土山；池塘边长满了芦荻，云彩和池水萧瑟疏落相映，可爱极了。

雍正初年，我刚到北京，喜欢游玩的朋友都对我介绍万柳堂景色的殊胜。初次到万柳堂时，还多少有些亭台廊阁；再次到这里，之前凌空架在水上的木桥，已倾卧在水中了；第三次来，则园中所种植的柳树，都砍伐殆尽，没有一棵了。

人世间富贵的荣耀，它总是随着时间而升降，大概也和这个园子一样。那么士大夫如果能够自己有所领悟的话，就应该不再向外羡慕那些富贵之物。那些已经置身在富贵之中的人，正为国家大事深忧而不得闲暇，又何必搜刮百姓的脂膏来建造园林别墅呢。

赏析

万柳堂是康熙朝刑部尚书、文华殿大学士冯溥，耗费巨资在北京东南修建的一所园林别墅。冯溥政绩平庸，但由于热心为清廷网罗人才，因而很得康熙的宠信，而且赏赐有加。万柳堂的园林规制相当恢宏，且美观超凡，并将元代宰相廉希宪在京西丰台所建别墅的题名“万柳堂”，挪为己用。后来冯溥势衰，万柳堂易主，到雍正年间便日渐废败。刘大櫆在雍正年间旅居京师时，曾三往万柳堂游览，面对一片破败景象，遥想当年的恢宏气度及其主人的显赫地位，不由得感慨万千，于是写下了这篇游记散文。这是一篇讽世之作。文中写万柳堂之景不过数语，更多的篇幅，则借万柳堂的兴衰，叹富贵之不可恃，并进一步指责“贵极富溢”的官僚“朘民之膏”以供其逸乐，“穷极土木之工而无所爱惜”。文章虽然简短，但寓意颇为深远，耐人寻味。本文全篇首尾贯一，浑成一体。既含蕴深刻，而笔力又峻洁矫劲。

登华山记

乔光烈

作者简介

乔光烈（？—1765），字敬亭，号润斋，清上海人。乾隆二年（1737）进士，授宝鸡县知县，任上，他兴修水利、劝农桑，人称乔公桑。累官至湖南巡抚，后因事罢官，之后再被起用，授甘肃布政使。他为官清廉，做官三十多年，仍然两袖清风。著有《最乐堂集》。

岳有五[1]，而太华[2]之神秀，冠于嵩、衡、岱宗[3]。《山海经》谓其削成四方，高五千仞。峻极天表，险绝人境，称名山之宗。岳东、西、南凡三峰。其南峰为莲花[4]，视两峰愈甚。然自下望之，三峰隐合，常如一峰。隆隆正起，若古章甫冠状[5]。必登其岭，则分明对出。类菡萏葩敷瓣拆[6]，故谓之岳莲矣。

前世入华山者，多以为神仙之游。自韩退之投书与家人诀[7]，传者争畏其险，或裹足不敢往。客有至者，徘徊其下，仰望而已。顾余观元明时，王履道以下及袁中郎、李之椿十数公亦常径游[8]，亦各有记。读之，喜其奥于境而奇于观也，意恒轩动，特未暇一至焉。

乾隆十一年，守官同州[9]，以事来华阴[10]，抵岳祠[11]。祠起汉世，规模壮巨宏丽，称神明之宫。怪柏森立，多数百岁。有最巨而中空者，谓植自唐开元中云。自祠南行近十里许，有观曰云台，宫曰大素，皆道士所居。宫南又几半里，得郝氏园[12]。园竹数万竿，交翠蒙密，不见日影。坐琅玕中，宜弈宜饮，宜布簟[13]卧，而尤宜于暑。盘薄久之，不知外事之若忘也。自园至华山谷口，有玉泉院[14]。传云：宋处士陈抟[15]旧所居。抟既仙去，其徒以抟嗜睡为之像。若偃卧者，藏院中以奉焉。院有怪石数片，形如蟠龙。清流绕其侧。古木虬枝，娑婆偃蹇。院中人曰：此无忧树也。会日且暮，遂止宿院中。因问道士，登山若何为是？言崎岖佶屈，上下奇险，及见闻诸景状。

明日，蚤起，从道士食讫，即引三四人出院行。凡五里入第一关。又四里至希夷峡。陡崖百尺，人穿石洞中行。既出峡，西折四十余步，为第二关。大石中分，状如关门，类斧劈者。又三里，至桫罗坪[16]。坪势稍夷旷。由第一关至坪，多幽壑曲涧，而张超之谷[17]、车箱之潭[18]、种药之坪[19]、壶公之台[20]，在山麓者，皆左右绕焉。逾坪而上，为十八盘。以山最陡峭，必旋盘十有八折，乃得升，故以名之盘。既尽为青柯坪[21]，地坦以舒，草木鲜茂。中列祠宇。有馆曰青柯。计距玉泉，已二十里矣。登岳者至此，甫及其半，必坐息少休，然自第一关来，虽崎嵚塞侧，尚可儆[22]土人之健且习于险者，以篮舆舁[23]至坪所。过此则千尺幢。一峰直上，中陷如霤，步不得施。《水经注》谓之天井者也。非易装短衣，仰挽铁絙[24]，跐蹋绝壁，如猿猱攀援，度终不可能上。以故游者，惮其艰，至青柯坪，往往辄止。余既度幢，仰见天光，如从井中出，为之汗涊[25]力疲。勉而前，历百尺峡[26]，峡险如幢。东北行二里，过二仙桥，见铁杙[27]横贯壁中。

上架木板，为飞梁，下瞰无底。度者面崖攀锁，屏息瞑视，践板以过。板不盈尺，蹑之振振然，益危惴。念昔时凿悬度，施穷人力，疑鬼神所为。自桥益进，为老君犁沟[28]，为阎王碥，苍龙岭。岭两山中断，溪深不测。有石若桥者，南北相属，通往来径。凡长二丈许，形椭以削，类天台石梁[29]，望者心悸。然必度此，乃得至岳上。余既登太顶，谒显灵宫，观玉女井、仰天池，即《图经》所为太乙池者，水才一泓，冬夏不盈耗。顾瞻仙掌，指拇朗列，如抵如擎。俯视瀑布，从百尺下垂，玉虹沉沉，倒银汉而挂天绅矣。远望河渭，细仅萦线。其南连山奔峭，如海涛起没无际，莫知纪极。寻朝元洞，洞口风谡谡出吹，寒懔毛发，不可入乃止。初，道士为余言：岳多岩户硐室，仙灵秘迹在焉，其景杳幽殊异，非数日留，不可遍穷。余牵于事，视日已中昃，遂取道还。循峡缘嶂复下，至青柯坪上，顾其旁，有所为回心者，不自知向之勇于往而忘其�胎也。比甚暮，仍还止院中。剪灯取酒，兴益清旷，不复思睡。风泉竹树，吹万之声；烟晖日景，变眩之色；岭蹊曲径，窈窕之趣；洞姿石态，诡俶之观，蹬危梯，涩縋曳之险；凡升降上下之得于岳者，悉集乎前；若目犹载之，意犹领之也。遂濡墨缀笔，而记登岳。

注释

[1] 岳有五：即东岳泰山、西岳华山、北岳恒山、南岳衡山、中岳嵩山。

[2] 太华：即华山。

[3] 嵩：即中岳嵩山。衡：即南岳衡山。岱宗：即东岳泰山。

[4] 莲花：即莲花峰，华山的最高峰。

[5] 古章甫冠：古代的一种冠帽，高而上平。此处指壁立状。

[6] 菡萏葩敷瓣拆：好像荷花盛开。菡萏，荷花。敷，铺开。拆，当为“坼（chè）”，裂开。

[7] 韩退之投书与家人诀：韩退之，即韩愈。相传韩愈为和营建四门博士时，回洛阳，途经华山。与客人登上华山的苍龙岭后，觉得自己难以下山，就痛哭起来，并写下了与家人诀别的书信，后华阴县令设法搭救，他才下了山。

[8] 王履道：疑为明人王履，作有《始入华山到西华记》。袁中郎：即袁宏道，作有《华山记》《华山后记》《华山别记》三篇。李之椿：作有《太华山记》。

[9] 同州：清代雍正时置同州府，府治在今陕省大荔县。

[10] 华阴：今陕西华阴市。

[11] 岳祠：即西岳祠，俗称华阴庙，在华阴城东五里，建于汉武帝时。

[12] 郝氏园：即今清白别墅。

[13] 簟：竹席。

[14] 玉泉院：位于华山北麓谷口，为登华山必经之地。相传为宋代隐士陈抟所建。

[15] 宋处士陈抟：处士，古时有学识而隐居不仕的人。陈抟，字图南，号扶摇子，赐号“希夷先生”，北宋著名的道家学者，亳州真源县（今安徽省亳州市谯城区）人，宋代著名隐士，举进士不第，隐居武当山九室岩，后移居华山。

[16] 桫罗坪：位于华山第二关内，上有桫罗宫，又名桫罗庵。

[17] 张超之谷：张超，即后汉张楷，字公超，通儒学，后结庐于华

阴山南，学者随之，所居若市，称公超市。

[18] 车箱之潭：即车箱潭，在仙谷内，据说宋仁宗时每年遣使投金龙玉简于仙谷的潭中祭祀。

[19] 种药之坪：传说古时有个叫王晖真人的道士，有驱使虎豹的法术，常在此驾虎豹耕耘种植黄精，此地因此得名。

[20] 壶公之台：在华山西北的孤峰上，台上有壶公石室，可容十人。据《后汉书·费长房传》记载，有个卖药老翁人称壶公，常将一只空壶挂在座上，太阳下山后，他就进入壶中。

[21] 青柯坪：在华山西峰的半腰。

[22] 僦：雇用。

[23] 篮舆：竹轿。舁：抬。

[24] 铁絙：铁索。

[25] 汗涊：汗流浃背的样子。

[26] 百尺峡：在千尺嶂以东。

[27] 铁杙（yì）：铁桩。

[28] 老君犁沟：是指群仙观到猢狲愁的一段槽形险路。自下而上共有五百七中余级石阶，传说，这里原来没有路，是老子李耳驾青牛用铁犁开的，形如耕地时留下的犁沟，故被称为“老君犁沟”。

[29] 天台石梁：即浙江省的天台山石梁，石梁在天台县北五十里的石桥山上，悬架两崖间，下临万仞，为当地胜景。

译文

天下名山有五座，称之为五岳。而五岳之中，华山的神奇秀丽超过了嵩山、衡山和泰山等其他山岳。《山海经》说它高削成四方，高有五千仞，高峻直冲天外，险要绝异，人世少有，可以称为名山的正宗。华岳东、西、南三面都是山峰，南面的山峰叫莲花峰，比其他两峰更高险。然而从下面向上仰望，三座山峰隐隐地合在一起，就跟一座山峰一样，高高地向上耸起，像是古代的章甫冠。必须要登到岭上，才能把这几座山峰分辨清楚，就像荷花的花瓣伸展开的样子，所以人们将其称为岳莲。

以前登华山的人，多被认为是神仙之游。自从韩愈在华山寄信给家人诀别之事发生后，人们全都传说华山的险峻可怕，甚至有的人停足不敢前往了。有的即使到了这里，也只是徘徊在山脚下，仰望一番而已。我回顾元、明时期，从王履道到袁中郎、李之椿等十多位先生，也经常游览华山，也都各自有所记述。读了这些游记后，为他们能深入险境，观尽奇景而高兴，心里常常跃跃欲试，只是没有闲暇前往一游啊。

乾隆十一年，我任同州知府，因事来华阴县，抵达了西岳祠。这座祠堂建于汉代，规模壮丽宏伟，被称之为神明宫殿。周围怪异的松柏森然挺立，大多已有几百岁了。其中最巨大的一株中间已经空心，据说是唐代开元年间种植的。从西岳祠向南行走将近十里的地方，有座道观名叫云台观，有一座宫叫大素宫，都是道士的居所。从太素宫向南再走近半里，就来到郝氏园。园内种有数万竿绿竹，翠绿的枝叶遮蔽着天空，不见了太阳。坐在长廊轩屋之中，适合下棋，也适合饮酒，也适合铺一张竹席躺下休息，而最适宜的是在此地避暑。我在这里逗留久了，世间的事似乎都已经忘记了。从郝氏园到华山谷口，有一座玉泉院，传说曾为宋代隐士陈抟居住。陈抟成仙离去之后，他的徒弟以他嗜好睡觉的特点，为他画了张像，像是一副睡卧的姿态，并将画藏于道院中加以供奉。院中有怪石数片，外形好似盘曲环绕的龙，清澈的流水环绕在它的侧面。苍老的古树，虬曲盘旋的枝杈，卷曲上伸。道院里的人说："这树的名字叫无忧树。"这时，天色已近黄昏，于是便在玉泉院中休息。我问道士，登山的情况怎样？道士说，那山路崎岖曲折，上下山都非常危险，并讲述了他见到的各处景物的形状。

第二天早晨起来，我跟从道士吃完饭之后，就带领三四个人走出道院。走了大约五里，进入第一关。又走四里，到了希夷峡。这里陡峭的崖壁有上百尺高，人在峡中犹如在石洞里穿行。出了峡谷之后，向西折四十多步，便是第二关。迎面一块大石从中分开，其形状就像关口的大门，好像被斧子劈开一般。又走了三里，到了桫罗坪。这里的地势变得稍微平坦开阔一些。从第一关到桫罗坪，尽是幽深的山谷和曲折的山涧，而张超谷、车箱潭、种药坪、壶公台，都在山麓之上，左右环绕。过了桫罗坪一直往上走是十八盘。因为这里的山势最为陡峭，必须盘旋十八道弯才能上去，所以叫作十八盘。走到尽头是青柯坪，这里的地势平坦，草木茂密葱郁，祠堂、庙宇坐落其中。有一座馆舍名叫青柯馆，估计离玉泉院已经有二十里了。登华山的人到了这里，才刚刚走了一半，但必须要坐下来休息一会儿才能继续前行。然而从第一关到这里，虽然路径极其险峻蜿蜒，但还可以雇用当地健壮且习惯于走险路的人，用竹轿抬到青柯坪。

过了青柯坪就是千尺幢。一座山峰直上云天，山峰中间凹陷好像水槽，无处下脚。《水经注》中称为“天井”的地方就是这里。在这里，非得换上短小的衣服，挽紧铁索，脚踏绝壁，像猿猴一样攀援而上不可，否则是无法攀爬上去的。所以，游览的人忌惮这里的艰险，到了青柯坪之后就止步不前了。我爬上了千尺幢，抬头仰视天空，好像从井中走出，这时，已经汗流浃背、精疲力尽了。鼓足力气再往前走，经过百尺峡，峡险如千尺幢一般。再往东北走二里，过了二仙桥。只见铁桩横穿在崖壁上，上面铺着木板，成为一道飞桥，向下看是无底的深渊。翻越的人必须面朝悬崖，攀着铁链，屏住呼吸，不敢斜视，踏着木板走过去。木板宽不足一尺，踩在上面摇晃、颤动不止，越发令人感到危险而惊惧不安。回忆当初凿设这座飞桥的时候，用尽了人力，不由得使我怀疑这是不是鬼神所为。从二仙桥再往前走，是老君犁沟、阎王碥、苍龙岭。苍龙岭是一座山从中断开，下面的溪涧深不可测。有块石头好像桥一般，将南北的山连起来，接通了两边的路。那块石头有二丈来长，形状椭圆，像被刀削过一般，像天台山的石梁，看了让人心惊胆战。然而必须翻过这里才能到达山顶。我登上峰顶后，拜谒了显灵官，观看了玉女井、仰天池，仰天池就是《图经》上所说的太乙池。池内的水只有一小洼，但是冬夏却都没有增减。回过头来再看仙掌峰，“掌指”清晰地排列着，像是推挡又像是托起的样子。俯视下面瀑布，从百尺峡垂下，好像是玉雕的彩虹沉沉而下，又像银河倒悬过来，好似从天上垂下一条长带。远望黄河和渭水，细得好似一条丝线。华山的南面是峻峭而连绵不断的山岭，就像大海的波涛此起彼伏，无边无际，不知它的终点在哪里。我又探寻了朝元洞，洞口的风飒飒外吹，使人毛发寒战，这里不能进入，只得停步。当初，道士对我说："华山之上有很多的岩洞、石室，藏匿着神仙的灵异和遗迹，洞内的景色也非常缥缈幽深、特殊奇异，非得留下住在山上几天，才能将景致都游遍。"我被世俗之事牵绊，看到太阳已偏西，就取道而返。顺着百尺峡、千尺幢向下，到了青柯坪，看到有处叫作回心岩的地方，不知道自己哪来的勇气敢于继续攀登而忘记了恐惧。等到天色更晚了，我仍然回到玉泉院中休息。夜里点上灯，取来酒，兴致更为清新旷达，全无睡意。那微风、泉水、竹树，被风一吹万物摇动的声音；那云烟、阳光、太阳的影子，变幻着眩目的色彩；那山岭、小路、曲折的山道，映现出幽深的情趣；洞中千姿百态的石头，鬼斧神工的奇异景观，那脚踏危梯、扯着绳索艰难攀登的危险；凡是攀登、跋涉，上山下山所观赏到的华山景色，全都涌现到眼前，历历在目，心里久久不能忘怀啊。于是提笔蘸墨，写下了这篇登华山的游记。

赏析

本文通过记述作者华山二日之游，生动地介绍了西岳华山的诸胜景。本文立意在于突出一个"险"字，"其削成四方，高五千仞。峻极天表,险绝人境。"接着,作者借韩愈登山遇险而投书诀别的故事，说明不少游者争畏其险，而自己则因其险而好奇。这样，就为下文作了铺垫。随后从"以事来华阴，抵岳祠"开始，按照游览的路线开始记游。一直到夜宿玉泉院，然而这一天的游览却并未见其险，这无疑是反衬之笔，所以在本段最后一句借道士之口点出"言崎岖佶屈，上下奇险。”这一承启句式直接引出本文的主体部分，也就是第二天登山极顶的过程。作者依游踪的顺序先写至青柯坪一路平坦而宽阔的地势，这些不见其险的叙写，又为下面描写历险极顶做足了铺垫。之后作者的叙写有详有略，详写了千尺幢、二仙桥，略写了百尺峡、石梁。文中将那里奇险的地势和山形进行了详细的刻画，介绍了游人历险的种种情状，令人读来为之心动。接着，作者又细致地描绘了山顶所见、雄伟壮观的景象，隐寓了“无限风光在险峰”这样一个道理。而下山之路作者则一笔带过，其中艰险的情形，都留给读者去想象。最后，作者又写了下山以后兴致高昂、心情清旷的感受，对两天来的历险奇遇作了一个生动的总结。全文语言顺畅，描写生动，尤其是观察细致，而更为读者所记住的是作者不畏艰险，敢于攀登的精神。

随园[1]记

袁枚

作者简介

袁枚（1716—1798），字子才，号简斋、随园老人，浙江钱塘（今杭州）人，清代文学家。乾隆四年（1739）进士，授翰林院庶吉士。乾隆七年（1742）外调江苏，先后在溧水、江宁、江浦、沭阳担任县令，共计七年。他为官勤政，颇有声望。乾隆十四年（1749），袁枚的父亲去世，他辞官养母，在江宁（今南京）小仓山购置隋氏废园，改名“随园”，筑室定居下来，从此吟咏其中，广收弟子，世称随园先生。嘉庆二年（1798），袁枚去世，享年八十二岁，去世后葬在南京百步坡。著有《小仓山房集》《随园诗话》及《子不语》等。

金陵[2]自北门桥西行二里，得小仓山。山自清凉胚胎[3]，分两岭而下，尽桥而止。蜿蜒狭长，中有清池水田，俗号干河沿。河未干时，清凉山为南唐避暑所，盛可想也。凡称金陵之胜者，南曰雨花台[4]，西南曰莫愁湖[5]，北曰钟山[6]，东曰冶城[7]，东北曰孝陵[8]，曰鸡鸣寺[9]。登小仓山，诸景隆然上浮，凡江湖之大，云烟之变，非山之所有者，皆山之所有也。

康熙时，织造隋公当山之北巅构堂皇[10]，缭垣牖[11]，树之萩千章[12]、桂千畦。都人游者，翕然[13]盛一时，号曰随园，因其姓也。后三十年，余宰江宁。园倾且颓弛，其室为酒肆，舆台嚾呶[14]，禽鸟厌之，不肯妪伏[15]，百卉芜谢，春风不能花。余恻然而悲，问其值，曰三百金。购以月俸。茨墙剪阖，易檐改途。随其高，为置江楼；随其下，为置溪亭；随其夹涧，为之桥；随其湍流，为之舟。随其地之隆中而欹侧也，为缀峰岫；随其蓊郁而旷也，为设宧窔[16]。或扶而起之，或挤而止之，皆随其丰杀繁瘠，就势取景，而莫之夭阏[17]者，故仍名曰随园，同其音，易其义。

落成叹曰："使吾官于此，则月一至焉；使吾居于此，则日日至焉。二者不可得兼，舍官而取园者也。"遂乞病，率弟香亭、甥湄君[18]移书史居随园。闻之苏子曰："君子不必仕，不必不仕。"[19]然则余之仕与不仕，与居兹园之久与不久，亦随之而已。夫两物之能相易者，其一物之足以胜之也。余竟以一官易此园，园之奇可以见矣。

己巳[20]三月记。

注释

[1] 随园：原名"隋园"，为康熙年间江宁织造隋赫德建造的别墅。袁枚于乾隆三年（1738）中举，次年中进士，授翰林院庶吉士。数年后，散馆外放。先后任溧水、江浦、沭阳、江宁知县。在江宁知县任上袁枚访得隋园，当时隋园已破败，他便以"三百金"购得，重整修治，

更名为“随园”。园在今南京西北清凉山下小仓山，遗址已经荒弃不可辨。此记作于乾隆十四年（1749）。三年后，袁枚的恩师、两江总督尹继善推荐他任高邮州同，结果未获吏部通过，从此袁枚遂绝意仕途。是年，丁父忧归，他乞养母亲，长期居住随园，著文讲学，过起了归隐的日子。

[2] 金陵：即今天的南京市。

[3] 清凉：即清凉山，在南京市西，又名石头山。山上曾建有清凉寺，南唐时建有清凉道场。相传为避暑官。如今寺已废。胚胎：此指小仓山为清凉山余脉。

[4] 雨花台：在南京市中华门外。相传六朝梁武帝时，云光法师在此讲经说法，感动上苍，落花如雨，因而得名。

[5] 莫愁湖：在南京市水西门外，相传南齐时，有洛阳少女莫愁嫁至江东卢家，居湖滨，湖因此而得名。

[6] 钟山：在南京市中山门外。主峰海拔 488 米，是南京主要山脉，又名金陵山、紫金山。

[7] 冶城：故址在南京市水西门内朝天宫附近，相传吴王夫差冶铁于此，因此得名。

[8] 孝陵：在南京市中山门外钟山南麓，为明太祖朱元璋与马皇后合葬陵。

[9] 鸡鸣寺：在南京市区北鸡鸣山，梁时与此始建同泰寺，后屡毁屡建。明代洪武年间在其旧址建鸡鸣寺。

[10] 堂皇：高大的房屋。

[11] 缭垣牖：缭，环绕。垣，墙。牖，窗户。

[12] 树之荻千章：意为楸树有上千株。荻，即“楸”。落叶乔木，

干直树高。章，大木林。

[13] 翕然：形容群集聚游的盛况。

[14] 舆台：春秋时人分十等，舆和台都是地位低下的奴隶。此处泛指普通民众。嚾呶：叫喊吵嚷。

[15] 妪伏：原指鸟孵卵，此处引申为栖息。

[16] 宧（yí）：房屋的东北角。窔（yào）：东南角。古代建房，多在东南角设溷厕，东北角设厨房。此即代指这些设施。

[17] 夭阏（è）：夭，折。阏，阻塞。语出《庄子·逍遥游》："背负青天而莫之夭阏者，而后乃今将图南。"此指没有改变山原来的形势。

[18] 香亭：袁枚弟袁树。湄君：袁枚外甥陆建，字湄君，号豫庭。

[19] 苏子：宋朝大文学家苏轼。下面的引文出自苏轼《灵壁张氏园亭记》。

[20] 己巳：乾隆十四年（1749）。

译文

金陵从北门桥向西走二里，就是小仓山。山是清凉山的余脉，山脉分两条山岭绵延而下，到桥才消失。山势蜿蜒狭长，中间有清澈的水池和一些水田，这里俗称干河沿。过去河还没干时，清凉山为南唐后主李煜的避暑宫，其兴盛可想而知。称得上金陵胜地的，南面的是雨花台，西南的是莫愁湖，北面有钟山，东面有冶城，东北方向有明孝陵、鸡鸣寺。登上小仓山，所有景色全都一下子浮现在眼前。但见江湖之大，云烟变化，原本不是山本身所有的景致，却全为此山所有了。

康熙年间，江宁织造隋赫德公在山的北山顶，建造了一座宏大堂皇的殿堂，四周环绕以短墙镂窗，栽种上千株楸树，千畦桂树。从都市来此游玩的人，繁多胜众盛于一时。这里被人们称为“隋园”，乃是以其主人的姓氏命名。之后三十年，我主管江宁县时，隋园已倾圮颓废，原来的堂室变成了酒馆，普通百姓凑在这里大声喧闹，连禽鸟都不再愿意在这里孵蛋；百花荒芜凋谢，春风吹过都不能使花儿绽放。我内心怆然而感到悲伤，问这所园子出售的价钱，回答说是三百两银子。于是拿出一个月的俸禄把它购买了下来。随后修补围墙，修剪花草，更换房檐，改变园内的道路。随顺着园内地势，在高的地方盖上江楼；随顺着地势在低的地方建造溪亭；随顺着地势在沟涧之上架设桥梁；随顺着溪流在湍急的地方拴上舟船；随顺着地势在隆起而倾斜的一侧，用假山作点缀；随顺着地势在树木葱郁且空旷的地方，建造相应的房屋。随顺着园内的地势，或者扶持使之起来，或者缩减使之紧凑，都随园子的丰饶、萧杀、繁茂、贫瘠而定，就其地势取景，而不去人为地折摧它，所以仍叫作“随园”，和原来的“隋”字同音但意义已改变。

落成之后我感叹道：“让我在此地做官，则一个月能来一次；让我住在这里，则能天天到这里。二者不可兼得，舍弃官位而就此园罢！”于是就告病，带着堂弟香亭、外甥陆湄，连同书籍等一并移居随园。苏东坡曾说过：“君子不必出仕求官，也不必一定不出仕求官。”然而我出仕不出仕，和居住在这园里久还是不久，也随其自然好了。两种事物可以互换的，其中一物一定有胜于另一物的地方。

我竟然以一官职而换得此园——此园的珍奇，也就可想而知了。

己巳年三月写此文。

赏析

随园位于南京五台山余脉小仓山一带，清代江南的三大名园之一，最早为明末吴应箕的焦园，清康熙年间则是江宁织造曹寅家族园林的一部分，后归于接任江宁织造的隋赫德，故名“隋织造园”“隋园”。乾隆十年（1745），在江宁担任县令的袁枚，花三百金将其购下。加以葺治，修整，之后改名为“随园”。乾隆十三年（1748），他辞官居园中。从此以后，退出仕途，徜徉于山水烟霞之中，吟诗作文，结交士子权贵，死后归葬于此。《随园记》写于乾隆十四年（1749），这篇园记没有详细雕琢描述园内的景观，而是记叙治园的经过与取园名“随”的含义，文中充满了初得园的喜悦及对将来悠游林下的生活的憧憬，进而体现了作者洒脱放任的处世观。

峡江寺飞泉亭[1]记

袁枚

余年来观瀑屡矣，至峡江寺而意难决舍，则飞泉一亭为之也。

凡人之情，其目悦，其体不适，势不能久留。天台之瀑[2]离寺百步，雁宕瀑[3]旁无寺。他若匡庐[4]、若罗浮[5]、若青田之石门[6]，瀑未尝不奇，而游者皆暴日中，踞危崖，不得从容以观，如倾盖交[7]，虽欢易别。

惟粤东峡山，高不过里许，而磴级纡曲，古松张覆，骄阳不炙。过石桥，有三奇树鼎足立，忽至半空凝结为一。凡树皆根合而枝分，此独根分而枝合，奇已！登山大半，飞瀑雷震，从空而下。瀑旁有室，即飞泉亭也。纵横丈余，八窗明净，闭窗瀑闻，开窗瀑至。人可坐，可卧，可箕踞，可偃仰，可放笔砚，可瀹茗[8]置饮。以人之逸，待水之劳，取九天银河置几席间作玩。当时建此亭者，其仙乎？

僧澄波善弈，余命霞裳[9]与之对枰。于是水声、棋声、松声、鸟声，参错并奏。顷之又有曳杖声从云中来者，则老僧怀远抱诗集尺许，来索余序。于是吟咏之声又复大作。天籁人籁[10]，合同而化。不图观瀑之娱，一至于斯，亭之功大矣！

坐久日落，不得已下山，宿带玉堂。正对南山，云树蓊郁，中隔长江，风帆往来，妙无一人肯泊岸来此寺者。僧告余曰：“峡江寺俗名飞来寺。”余笑曰：“寺何能飞？惟他日余之魂梦或飞来耳。”僧曰：“无征不信[11]。公爱之，何不记之？”余曰：“诺。”已遂述数行，一以自存，一以与僧。

注释

[1] 峡江寺：坐落于今广东省清远东的峡山上，为南朝梁武帝时僧人贞俊、瑞霭创建，初名正德寺，唐时称广陵寺、广庆寺。飞泉亭：在峡江寺后。

[2] 天台之瀑：即天台山的石梁飞瀑。

[3] 雁宕瀑：指浙江省乐清的北雁荡山著名的大龙湫瀑布。

[4] 匡庐：即庐山，又名匡山，在今江西省九江市南。有著名的瀑布开先寺瀑。

[5] 罗浮：山名，在广东博罗县境内东江之滨，相传罗山自古有之，浮山由海上浮来，与罗山并体，因此而得名。山有朱明、桃源等十八洞天，白水漓、水帘洞等九百多处飞瀑幽泉。

[6] 青田之石门：指浙江青田西北括苍山中的石门洞。

[7] 倾盖交：意为在路上偶然相识，停车共语，车盖接近。此常形容初交相识，一见如故。盖，指车盖。

[8] 瀹茗：烹茶。

[9] 霞裳：山阳人，刘姓，袁枚的弟子。

[10] 天籁：指自然界发出的音响。人籁：指人所发出的声音。

[11] 无征不信：没有证物不能使人相信。语出《礼记·中庸》："无征不信，不信民不从。"征，同"证"，证明。

译文

我近年来，虽然观赏瀑布很多次了，但到了峡江寺后内心之中还是不能割舍观赏瀑布的冲动，其中主要还是因为有飞泉亭的原因。一般人的情况是，如果只是视觉舒服而身体感到不舒适的话，是一定不能停留太久的。天台山的瀑布离寺院只有百步之遥；雁荡山的瀑布旁边没有寺院；其他像匡庐山、像罗浮山、像青田的石门洞，瀑布并不是不奇特，但游览的人全都曝晒在烈日下，蹲守在危险的山崖下，不能从容地观赏。与瀑布只能像是萍水相逢的朋友一样，相聚虽然欢畅但很快就得离别。

只有广东的峡山，高不过一里左右，但是石级迂回曲折，苍老的松树枝叶繁茂覆盖，阳光不算炽烈。过了石桥之后，有三棵奇异的树，呈鼎足而立，忽然到了半空中时竟然合长成一株。凡是树基本都是根合在一起而枝叶分离，而这株树竟然是根分离而枝长到了一起，真是太奇异了。登到山的大半时，听到飞泻而下的瀑布声若雷震，从空而下。瀑布旁边有一间屋室，那就是飞泉亭。长宽有丈余，八扇窗子明亮洁净，关上窗子会听到瀑布的声音，打开窗子瀑布就在眼前。人可以坐着，也可以躺着，可以两脚张开，两膝微屈地坐着，也可仰面躺着，亭子中可以安放笔墨纸砚，也可以煮上茶，摆上几案小饮。游人可以用安逸愉悦的心情，观赏飞腾咆哮的瀑布，就像把九天上的银河放在桌案、床榻间来赏玩。当时修建这亭子的人大概是神仙吧！

僧人澄波很擅长下棋，我让霞裳和他对弈一局。于是水声、下棋声、松涛声、鸟鸣声，参差交错混杂在一起。一会儿，又从云中传来拖着手杖的声音，原来是老僧人怀远，抱着一尺来高的诗集，来求我给他作序。于是大家吟诵诗歌的声音又大作；于是亭子内外，天地自然之声，人的声音，全都融汇在一起而无法分清了，没料到观赏瀑布的快乐，竟然会达到这样的地步，飞泉亭的功劳太大了！

坐了很久，太阳落山了，我们只好下山去，住在带玉堂。正对着南山，云气缭绕，树木浓密葱郁。中间隔着长长的峡江，江中有来来往往的船只，妙的是没有一个人愿意停船靠岸来这座寺庙。僧人告诉我说："峡江寺的俗称是飞来寺。"我笑着说："寺庙如何能飞？只有日后我的梦魂或许能够飞来。"僧人说："没有证据就不能使人相信，您既然喜欢这里，为什么不写一篇游记呢？"我说："好。"于是就写了这几行字，一份自己保存，一份赠与了僧人。

赏析

乾隆四十九年（1784），袁枚前往广东肇庆探望弟弟袁树，途经峡江寺。本文即作于此时。峡江寺在广东清远县城北中宿峡后峡山上，建于南朝梁武帝时，初名正德寺。又传轩辕黄帝二庶子太禺与仲阳化为神人，将安徽舒城上元延祚寺在一个风雨之夜飞携此处，故又名飞来寺。文章开头先是论述各种知名的瀑布之奇，而游者苦于“皆暴日中，踞危崖”，所以“不得从容以观”。由此而埋下伏笔，为后面突显峡山寺飞泉亭做足铺垫。随之开始登山览瀑，然而峡山风景，正如袁枚所认为的，没有什么奇特，难与天台、雁荡瀑布比肩。所以，按游踪顺序，只是寥寥数笔带过。随之，当“登山大半”之后，“飞瀑雷震”。先闻其声，后见其形“从空而下”，然而读者期待正欲展开之时，作者却突然笔锋一转，“瀑旁有室，即飞泉亭也”。这一自然而然的过渡于是便顺理成章地引入到本文的重点：飞泉亭。并逐一展示亭子的殊胜之处：先写亭子能遮阴，使客人能从容观瀑；接着写亭子的外在环境，以景物衬托亭子的幽雅；再写亭子本身，“闭窗瀑闻，开窗瀑至”，可自由自在地在亭内休憩赏玩，从而又引出在亭内下棋、吟诗之悠闲容与。尤其是对各种声响的描绘……“天籁人籁，合同而化”，余音在耳，令人神往。全文意境构设通灵明透，完美地把秀丽的风景与游人的心理融汇在一起。宣扬了以逸待劳、以旁观的态度欣赏风云变幻，而又愿把自己与天地同化的思想，有着丰富的哲理。

游庐山黄崖遇雨记[1]

袁枚

甲辰春，将游庐山。星子令丁君告余曰[2]：“庐山之胜，黄崖为最。”余乃先观瀑于开先寺，毕，即往黄崖。

崖仄而高，篼舆[3]升。奇峰重累，如旗鼓戈甲从天上掷下，势将压己，不敢仰视；贪其奇，不肯不仰视。屏气登颠，有舍利台，正对香炉峰[4]。又见瀑布，如良友再逢，百见不厌也。旋下行，至三峡桥。两山夹溪，水从东来，巨石阻之，小石尼[5]之，怒号喷薄。桥下有宋详符年碣[6]，谛视良久，至栖贤寺宿焉。

次日闻雷，已而晴，乃往五老峰[7]。路渐陡，行五里许，回望彭蠡湖[8]，帆竿排立，己所坐舟，隐隐可见。正徘徊间，大雨暴至，云气坌涌，人对面不相识。舆夫认云作地，踏空欲堕者屡矣。引路里保避雨远窜，大声呼，杳无应者。天渐昏黑，雨愈猛，不审今夜投宿何所。舆夫触石而颠，余亦仆，幸无所伤。行李愈沾湿愈重，担夫呼詈[9]，家僮互相怨尤，有泣者。余素豪，至是不能无悸。踯躅良久，犹临绝壑。忽树外远远持火者来，如陷黑海见神灯，急前奔赴，则万松庵老僧曳杖迎，啨[10]曰：“相待已久，惜公等误行十余里矣。”烧薪燎衣，见屋上插柳，方知是日清明也。

次日雪，冰条封山，触履作碎玉声。望五老峰不得上，转身东下，行十余里，见三大峰壁立溪上，其下水潺潺然。余下车投以石，久之寂然，想深极，故尽数十刻尚未至底耶。旁积石础[11]、碎瓦砾无万数，疑即古大林寺之旧基。舆夫曰："不然，此石门涧耳。"余笑谓霞裳[12]曰："考据之学，不可与舆夫争长，姑存其说，何害！"乃至天池[13]，观铁瓦，就黄龙寺[14]宿焉。僧告余曰："从万松庵到此，已陡下二千丈矣。"问遇雨最险处何名，曰犁头尖也。

余五年游山皆乐，惟此行也苦，特志之。

注释

[1] 庐山：又名匡庐。地在江西九江市南，北为长江，东为鄱阳湖。相传周朝有匡氏七兄弟于山上结草为庐以避世乱，因此而得名。黄崖：庐山景点之一。乾隆四十九年（1784）甲辰，袁枚六十九岁时作岭南长足远游，目的地为广东肇庆，当时他的堂弟袁树为广东太守，这篇游记是作者经过庐山时所作。

[2] 星子：今江西星子县，故称南康，地在鄱阳湖北口，庐山在星子县北。丁君：知县丁竹江。

[3] 篴舆：竹轿。

[4] 香炉峰：庐山中著名的山峰之一，其峰尖而圆，烟云聚散，如香炉一般。

[5] 尼：阻挡。

[6] 祥符：即大中祥符，北宋真宗赵恒年号（1008—1016）。碣：石碑。

[7] 五老峰：在庐山万松坪附近。五峰耸立，雄伟陡峻。从山麓的海会寺仰视群峰，似五个老人并坐，因此而得名。

[8] 彭蠡湖：即鄱阳湖，在江西省北部。庐山离鄱阳湖西岸不远。

[9] 呼謈：大声呼痛。这里是指大声喊冤，埋怨。

[10] 嗟：感叹。

[11] 石础：石柱的基座，石脚。

[12] 霞裳：姓刘，袁枚的学生。南行游历，整程陪伴袁枚。

[13] 天池：在庐山牯岭街东北附近。山有松林，顶有一圆形泉池，久旱不涸，久雨不溢。

[14] 黄龙寺：在庐山玉屏峰西麓。创建于明代。

译文

甲辰年的春天，我准备去庐山游览。星子县的县令丁竹江君告诉我说："庐山的胜景，以黄崖为第一。"于是我先往开先寺观赏瀑布，之后便前往黄崖。

黄崖狭窄而高耸。坐了竹轿一步步上行，只见周围奇峰重重叠叠有如军旗、战鼓、戈矛、盔甲，从天上纷纷抛掷而下，仿佛就要压到自己身上，吓得不敢仰视；可是我又贪恋这里的奇特，又不肯不去看，于是便屏住呼吸登上崖顶。上面有一座舍利台，正遥对着香炉峰。又见到一条瀑布，好像好友重逢一般，百见也不厌倦。接着向下行至三峡桥。两座高山夹着一条溪水，水从东边流来，有巨石阻挡，小石阻碍，于是水被激荡起浪花，喷薄着发出巨响。桥下有宋代祥符年间的碑碣，仔细看了很久，这才到栖贤寺住下。

第二天听到雷声，过了一会儿，天晴了，于是前往五老峰。路渐渐地陡起来，走了大约五里多路，回望彭蠡湖，湖面上帆篷、竹竿一排排竖立，自己所坐的小船，隐隐约约可以看见。正在徘徊不前时，暴雨突然而至。云气奔涌，人站在对面都认不出模样。抬竹轿的轿夫把云气认作地面，屡次踏空要掉下山去。领路的里保，为了避雨远远地跑开了，大声地呼唤他，也渺无应答。天渐渐昏黑下来，雨下得越发猛烈，不知道今晚要投宿在哪里。抬竹轿的轿夫撞了石头跌倒在地，我也跟着摔在地上，幸亏没有受伤。行李沾湿之后愈发觉得沉重，挑夫连连抱怨，家仆、书童相互埋怨，有的哭了起来。我生性素来豪气，到了这时也不能不感到心悸。转了半天，还是在绝壁深壑里面。忽然看见树林外面，远远的有持火把的人前来，如同深陷黑暗的大海猛然见到了神灯，大家急忙往前奔赴，原来是万松庵的老和尚拄着禅杖来迎候，禁不住感叹道："在此已等待很久了，可惜你们已经误走十多里地了。"于是大家在庵中架上柴禾烤衣裳。看见屋上插着柳枝，才知道这天是清明节。

第二天下雪后，冰凌封山，脚踩上发出碎玉般的声音。眼看着五老峰却上不去，只得转身东下。走了十多里，见到三座高大的山峰矗立在溪水旁，它的下面水流潺潺。我下车向下面投了块石头，很久也听不到回响，想来极深，所以数到十之后还没有到底吗？旁边堆积着碎石瓦砾无数，怀疑这就是古代大林寺的遗址。轿夫说："不是，这里是石门涧。"我笑着对刘霞裳说："考据这门学问，不能和轿夫争论长短啊。姑且保留此说法也不要紧。"到了天池之后，又观赏了铁瓦寺，就在黄龙寺住下了。有僧人告诉我说："从万松庵到此，已陡然向下二千丈了。”我问：“遇雨最险处是何名？”回答说：“黎头尖。”

五年来我游山都快乐，唯独这次行程最为辛苦，特地记下来。

赏析

乾隆四十九年（1784）春，袁枚前往广东肇庆，途经庐山，于是顺便游览了庐山。作者由庐山南麓上山，依次游览了黄崖附近的开先寺、舍利台、三峡桥、栖贤寺等名胜、庙寺。然而本文，并非一篇纯粹的览胜叙景的游记散文，而重点在记叙登黄崖而遇雨一段。这一段的描写可谓扣人心弦。“云气坌涌，人对面不相识。舆夫认云作地，踏空欲堕者屡矣。”而在这昏天黑地中，向导竟又跑了，可谓是祸不单行。随后“舆夫触石而颠，余亦仆”。在这突如其来的暴雨中，因行李被打湿越来越沉，担夫开始怒骂，家童互相埋怨，竟有的哭泣起来。庐山之游前后七日，黄崖遇暴雨迷路，是袁枚此行最为狼狈的一次。本文所列的种种险状，其当时心情在文中只有一句：“余素豪，至是不能无悸。”而他在《小仓山房集》记述此行的《上五老峰遇雨迷路，到万松坪已二鼓矣》诗中，还有进一步补充，“棘蒿乱刺人，十步九欲仆。退缩无可归，前行日无暮。僮仆齐嘈嘈，今夜宿何处？用瓦衣亦漏，似虎石可怖。昌黎不敢哭，奉先屡悔误”。后来终于有人持火把来迎，这才脱离险厄。到了万松庵，他和老僧说起此次遇险，竟还心有余悸：“急将危苦状，从头向僧述。自笑三年游，此是一劫度。”此文通过遇雨及迷路，写出庐山记游作品中不被世人常见的一面，这点弥足珍贵，大不同于前人着眼处。可谓是游记作品中属纪事涉险一类的文章，从这个角度说，似更能引人入胜，激发与读者的共鸣。

游桂林诸山记

袁枚

凡山离城辄远，惟桂林诸山离城独近。余寓太守署中，晡食后即于于焉而游[1]。先登独秀峰[2]，历三百六级，诣其巅，一城烟火如绘。北下，至风洞[3]，望七星岩[4]，如七穹龟[5]团伏地上。

次日，过普陀[6]，到栖霞寺[7]。山万仞壁立，旁有洞，道人秉火导入。初尚明，已而沉黑窅渺[8]。以石为天，以沙为地，以深壑为池，以悬崖为幔，以石脚插地为柱，以横石牵挂为栋梁。未入时，土人先以八十馀色目列单见示，如狮、驼、龙、象、鱼网、僧磬之属，虽附会，亦颇有因。至东方亮，则洞尽可出矣，计行二里馀，俾昼作夜，倘持火者不继，或堵洞口，如三良殉穆公之葬[9]，永陷坎窞[10]中，非再开辟不见白日。吁！其危哉！所云亮处者，望东首正白，开门趋往扪之，竟是绝壁。方知日光从西罅穿入，反映壁上作亮，非门也。世有自谓明于理、行乎义，而终身面墙者，率类是矣。

次日往南薰亭[11]。堤柳阴翳，山淡远萦绕，改险为平，别为一格。

又次日，游木龙洞[12]。洞甚狭，无火不能入。垂石乳如莲房半烂，又似郁肉漏脯[13]，离离可摘。疑人有心腹肾肠，山亦如之。再至刘仙岩[14]，登阁，望斗鸡山[15]，两翅展奋，但欠啼耳。腰有洞，空透如一轮明月。

大抵桂林之山，多穴，多窍，多耸拔，多剑穿虫啮；前无来龙，后无去踪；突然而起，戛然而止；西南无朋，东北丧偶，较他处山尤奇。余从东粤来，过阳朔[16]，所见山业已应接不暇，单者，复者，丰者，杀者，揖让者，角斗者，绵延者，斩绝者[17]，虽奇鸧九首、貜疏一角[18]，不足喻其多且怪也。得毋西粤所产人物，亦皆孤峭自喜，独成一家者乎？

记岁丙辰，余在金中丞署中[19]，偶一出游。其时年少，不省山水之乐。今隔五十年而重来，一丘一壑，动生感慨，矧诸山之可喜可愕者哉！虑其忘，故咏以诗；虑未详，故又足以记。

注释

[1] 晡食：晚餐。于于：行动悠然舒缓自得的样子。

[2] 独秀峰：在桂林市中心，一名紫金山。

[3] 风洞：位于叠彩山，洞深，阴风袭人，故名。

[4] 七星岩：在市东普陀山西侧，因七峰排列好似北斗七星而得名。

[5] 穹龟：背部隆起的乌龟。

[6] 普陀：山名，在桂林市七星公园中心的普陀门内。

[7] 栖霞寺：在栖霞山七星岩上。

[8] 窅（yǎo）渺：深远广袤的样子。

[9] 三良殉穆公之葬：周襄王三十一年（前621），秦穆公卒，以秦国的良臣车氏的三个儿子奄息、仲行、针虎为殉。三人均为当时著

名的贤士，于是秦人作《黄鸟》诗哀之，此三人称之为“三良”。穆公，秦穆公，名任好，在位三十八年，任用百里奚等贤臣，称霸西戎。

[10] 窞（dàn）：深坑。

[11] 南薰亭：在市北虞山山半，舜祠左侧，建于宋代。

[12] 木龙洞：在市南。洞北悬崖旧有古木一株，倒挂石上，蜿蜒如龙，因此而得名。

[13] 郁肉漏脯：不新鲜或腐败的肉。

[14] 刘仙岩：在南溪山白龙洞南，相传宋人刘景居此，后仙去。

[15] 斗鸡山：即穿山，在市东。因山形好像斗鸡，因此而得名斗鸡山。山半有穴，南北横贯，如月轮挂空，故又名日月岩。

[16] 阳朔：今广西阳朔县。

[17] 斩绝：形容山崖壁立陡峭，犹如被刀削斩过一样。

[18] 奇鸧：即鸧鸹，传说中的怪鸟，一名鬼车，有九个头。郭璞《江赋》：“若乃龙鲤一角，奇鸧九头。”獾疏：据《山海经》，其状如马，一角有错，能御火。

[19] 丙辰：清乾隆元年（1736）。金中丞：即金铁。字震方，一字德山，山东登州人。历官太原知府，广西布政使、巡抚。1736 年，袁枚去桂林探望充金铁幕僚的叔父，金铁十分赏识他，荐举他应博学鸿词考试。中丞，巡抚的别称。

译文

凡是山峰，大都离城市较远，唯独桂林的诸座山峰离城市较近。我寓居在太守的官署中，晚饭后，便悠然自得地出来游览山景。首先登的是独秀峰，攀登三百零六级台阶后到达山顶，俯瞰城中，一城炊烟袅袅，灯火闪烁，如同图画一般。从北面下到风洞，远望七星岩好似七只背部隆起的乌龟蜷伏在地上。

第二天，经过普陀山，到达栖霞寺。万仞高山像墙壁一般陡立，旁边有座山洞，僧人手持火把引领着进去。刚开始的时候洞里还算明亮，不久就黑暗成了一片，给人以幽深广袤的感觉。这洞以头顶的岩石为天，脚下的沙土为地，以深沟为水池，以悬崖为帷幔，以插在地上的石头为柱子，以横放着的石头互相牵引勾拉为栋梁。还没有进洞时，当地人就拿出八十余种洞中岩石所呈现出的形态，列出的名目单子给我看，有的像狮、驼、龙、象、渔网、僧磬之类，虽然都是人为附会上去的，但也有一定的道理。到了洞的东头见到一丝光亮时，也就是到了洞的尽头，可以出洞了。大概走了有二里路的样子，这里的白天简直变成了黑夜，假使持火把的人没有跟上或是堵住洞口，那么这些游人就像秦国的三良臣为秦穆公殉葬一样，永远陷在洞穴里了，除非有人再挖掘开辟，否则永远不见天日。呀，真是危险啦！所说的亮的地方，向东面望去，是一片白，“打开门”走过去，用手一摸，竟然是绝壁。这才知道阳光是从西边的石缝中射入的，反射在石壁上发出亮光，并不是门。世间有以为自己明白事理、行为合乎礼仪的人，但却一辈子都面对着墙壁，大概都是这样的情况吧。

转天，前往南薰亭，那里堤岸之上柳荫遮蔽，远山清淡辽远，回旋环绕，景致一改之前的险峻变得平和，别具一格。

再后一天，游览木龙洞。洞口很是狭窄，没有火把照明，是不能进的。洞内垂下的钟乳石像盛开一半的莲蓬，有的又像溃烂的肉脯，在那里一行行挂着，似乎随手可摘。心中怀疑人有心腹肾肠，山大概也是这样。再到刘仙岩，登上楼阁眺望斗鸡山，斗鸡山就像雄鸡展开双翅奋飞冲天的样子，只欠鸣叫罢了。山腰中有山洞，空明透亮如一轮明月。

大致桂林一带的山，多洞穴，多石缝，多高耸挺拔，多像穿天的宝剑和野兽的牙齿。前面没有山脉相接，后面没有山势延绵，突然之间便拔地而起，又戛然而止，西南方向没有和它一样的山，东北方向也没有和它一样的山峰，比起其他地方的山尤为奇特。我从东粤过来，经过阳朔，所见到的各种奇异变化的山，已经让我应接不暇，有单峰耸立的、相像的、丰满的、险峻的、相向而立的、互相缠斗的、绵延数里的，山崖壁立陡峭，犹如被刀削斩过一样的，又像九头鸟的头，獾疏的尖角，这些比喻都不足以形容山的变化多端和诡异多姿。莫非广西出生的人物，也都是这样孤芳自赏，自成一家吗？

记得在乾隆元年，我在金中丞的官署中，偶尔出去游玩，当时还年轻，尚不明白山水游玩的乐趣。如今隔了五十年重新来到这里，一座山丘，一条沟壑，立即就能使人生出感慨，令人惊讶！况且这里山川令人欢喜、惊愕的地方，我担心时间长了会忘记，就写诗歌来吟咏；又担心记叙不详细，又写成游记来补充。

赏析

这篇游记作于乾隆四十九年（1784）十月。早在五十年前，作者还是少年之时曾游览过桂林山水，但那时的自己“不省山水之乐”；转眼五十年过去了，再游故地一时便“动生感慨”，又喜又愕，因而写下了这篇游记。桂林山水素有“甲天下”之称，奇峰罗列，诡异多姿，山多溶洞，异彩绮丽。这篇文章抓住桂林山水特点，其中以描写栖霞洞为主，附带叙述其他景点。在有关栖霞洞的描写中，用笔简练，但紧紧抓住洞内的景物特征，随手拈来，下语不多却得山水之神髓；随后在有关木龙洞中钟乳石的描画中，比拟大胆，竟一反常态，以“莲房半烂，又似郁肉漏脯”形容；随后又以“疑人有心腹肾肠，山亦如之。”“望斗鸡山，两翅展奋，但欠啼耳。腰有洞，空透如一轮明月。”等让人丝毫产生不了美感的喻体进行修饰，实是别具一格。在有关桂林诸山景的叙述中，作者亦不忘杂以议论，使景色栩栩如生而又充满理趣。古代游记作品，大都是叙议结合。袁枚提倡性灵，表现在文章中，就是能把作者的感受深深地锲入自然，使人充分体验到自然之美，并使心灵与自然完全交融在一起。袁枚写山水的一些文章正达到了这一境界。

游珍珠泉[1]记

王昶

作者简介

王昶（1725—1806），字德浦，号述庵，江苏青浦（今属上海市）人。乾隆十九年（1754）进士，授内阁中书，乾隆二十二年（1757）入军机处，后又擢刑部郎中。乾隆三十二年（1767）坐罪夺职，乾隆四十一年（1776）以功任吏部员外郎，累迁至刑部右侍郎。因年老致仕。王昶通经，工诗词，善古文辞，好金石之学，时称“通儒”。著有《春融堂集》《金石萃编》《湖海诗传》《湖海文传》《明词综》《国朝词综》等。

济南府治，为济水[2]所经。济性洑[3]而流，抵巇[4]则辄喷涌以上。人斩木剡其首[5]，杙诸土[6]，才三四寸许，拔而起之，随得泉。泉莹然至清，盖地皆沙也，以故不为泥所汩[7]。然未有若珍珠泉之奇。

泉在巡抚署廨[8]前，甃[9]为池，方亩许，周以石栏。依栏瞩之，泉从沙际出，忽聚，忽散，忽断，忽续，忽急，忽缓，日映之，大者为珠，小者为玑[10]，皆自底以达于面，瑟瑟然，累累然[11]。《亢仓子》[12] 云：“蜕地之谓水 [13]，蜕水之谓气，蜕气之谓虚。”观于兹泉也，信。

是日雨新霁 [14]，偕门人吴琦、杨怀栋游焉，移晷 [15] 乃去。济南泉得名者凡十有四，兹泉盖称最云。

注释

[1] 珍珠泉：位于大明湖公园南侧，是济南四大名泉（趵突泉、黑虎泉、珍珠泉、五龙潭）之一。泉水从地下冒出如珍珠撒地，因此而得名。

[2] 济水：古名沇水，发源于今河南省济源市，流经山东，经济南市北边泺口注入渤海。

[3] 洑（fú）：水伏流地下。

[4] 巇（xī）：缝隙。

[5] 剡（yǎn）其首：把木头的一端削尖。剡，削。

[6] 杙（yì）诸土：这里谓用木桩插入土中。

[7] 汩（gǔ）：这里指搅混浊。

[8] 署廨（xiè）：官署，府衙。

[9] 甃（zhòu）：用砖砌。

[10] 玑（jī）：不圆的珠子。

[11] 累累然：接连不断的样子。

[12]《亢仓子》：书名。旧题庚桑楚作，今本有说是唐代王士源编成，唐朝崇信道教，曾把它列于学官。

[13] 蜕地之谓水：从地底下蜕变出来的就叫作水。

[14] 新霁：天刚放晴。

[15] 移晷（guǐ）：过了一段时间。

译文

济南府府署所在地，是济水经过的地方。济水的特性是在地下潜行又在地面流淌，流经地面有裂缝的地方，就会喷涌而出。人们砍来一根木头把一头削尖，将它插入土中，只三四寸深，然后把它拔出来，就可以得到一眼泉水。泉水光洁明亮且清澈，是因为地底下都是沙子的缘故。由于这个原因，济南的泉水都没有被泥土污染浑浊。但是却没有一处比珍珠泉更为奇妙的。

珍珠泉在山东巡抚官署的前面，用砖砌成一个池子，大致有一亩见方，周围用石头栏杆围了起来。依靠着栏杆观看，就见泉水是从沙土里冒出来的，形成一个一个的水泡，忽而聚集，忽而散开，忽而断开，忽而连续，忽而急促，忽而缓慢。在阳光的映照下，大的像珍珠，小的像不圆的珠子，都从水底一直升到水面。时而能听到轻微的瑟瑟声，可以看得到一串串连续不断的水流。《亢仓子》里说："天地间的元气从地底蜕变出来就称为水，水蜕变之后就称为气，气又发生蜕变就称为虚空。"观看了珍珠泉之后，觉得这种说法很有道理。

这一天正赶上雨后天晴，我和我的学生吴琦、杨怀栋一道游览了珍珠泉，待了很长时间才离去。济南著名的泉水共有十四处，而这珍珠泉可以称得上是最有名的了。

赏析

济南号称“泉城”，著名的有趵突泉、黑虎泉、珍珠泉等，各有特色。其中珍珠泉泉水上涌，气泡不断浮现，仿佛一串串珍珠，因此而得名。本文生动地描写了“珍珠泉”的奇妙形态，探讨了它的成因。全文用笔精炼生动，短小精悍，别致清新。首段先探讨了济南多泉的原因，什么原因呢？因济水流经济南，而“济性洑而流，抵巇则辄喷涌以上。”此外济南不但泉多，而且“莹然至清”，这又是什么原因呢？原来是因为济南地下多沙，“以故不为泥所汩”，这里概述了济南多泉且泉质清澈的原因后，笔锋一转，“然未有若珍珠泉之奇”从而引出下文。次段是全文的重点，主要描写了珍珠泉的奇妙神态。文章连用了六个排比，“忽聚，忽散，忽断，忽续，忽急，忽缓”十二个字，把珍珠泉的变化多端一下子写活了。随后作者又进一步从形态和声音两个方面入手，对珍珠泉进行了更为生动的描绘：“日映之，大者为珠，小者为玑”，一珠一玑将泉水的形状一下子毕现在读者眼前。“皆自底以达于面，瑟瑟然，累累然”，连用了两个形容词“瑟瑟然”“累累然”又将泉水的动态展现了出来。作者描绘的这处景物是一处微观的景物，却把它放在宏观的角度下来描写，这可以说是本文构思上的特色。

登泰山记

姚鼐

作者简介

姚鼐（1732—1815），字姬传，号惜抱，人称惜抱先生，安庆府桐城（今安徽桐城市）人，清散文家。乾隆二十八年（1763）中进士，授庶吉士，三年后散馆改主事，曾任山东、湖南副主考，会试同考官。乾隆三十八年（1773）入《四库全书》馆充纂修官。《四库全书》编撰完成后，在乾隆三十九年（1774）秋，姚鼐借病辞官回归故里，以授徒为生，不入仕途，时年四十四岁。当时，大学士于敏中、梁国治先后动以高官厚禄相荐，均被辞却。姚鼐辞官后，先后历各大书院讲席，培养了一大批学人弟子。姚鼐师承方苞、刘大櫆，提出“文理、考据、辞章”三者兼备的观点，发展和完善了桐城派文论。为桐城派散文之集大成者。著有《惜抱轩全集》《文后集》《惜抱轩诗集》《笔记》《尺牍》《九经说》《三传补注》，并选有《古文辞类纂》《五七言今体诗钞》。

泰山之阳[1]，汶水[2]西流；其阴，济水[3]东流。阳谷[4]皆入汶，阴谷皆入济。当其南北分者，古长城[5]也。最高日观峰[6]，在长城南十五里。

余以乾隆三十九年十二月，自京师乘风雪，历齐河、长清[7]，穿泰山西北谷，越长城之限[8]，至于泰安。是月丁未，与知府朱孝纯子颍[9]，由南麓登。四十五里，道皆砌石为磴，其级七千有余。泰山正南面有三谷。中谷绕泰安城下，郦道元所谓环水也[10]。余始循以入，道少半，越中岭，复循西谷，遂至其巅。古时登山，循东谷入，道有天门。东谷者，古谓之天门溪水，余所不至也。今所经中岭及山巅崖限[11]当道者，世皆谓之天门云。道中迷雾冰滑，磴几不可登。及既上，苍山负雪，明烛[12]天南。望晚日照城郭，汶水、徂徕[13]如画，而半山居[14]雾若带然。

戊申，晦，五鼓，与子颍坐日观亭，待日出。大风扬积雪击面。亭东自足下皆云漫。稍见云中白若樗蒱[15]数十立者，山也。极天[16]云一线异色，须臾成五采。日上，正赤如丹，下有红光动摇承之。或曰：此东海也。回视日观以西峰，或得日，或否，绛皓驳色[17]，而皆若偻。亭西有岱祠[18]，又有碧霞元君[19]祠。皇帝行宫[20]在碧霞元君祠东。是日，观道中石刻，自唐显庆[21]以来，其远古刻尽漫失。僻不当道者，皆不及往。

山多石，少土；石苍黑色，多平方，少圆。少杂树，多松，生石罅[22]，皆平顶。冰雪，无瀑水，无鸟兽音迹。至日观数里内无树，而雪与人膝齐。桐城姚鼐记。

注释

[1] 泰山：在山东泰安北，又称东岳，素有“五岳之首”之称。自秦始皇封禅泰山后，历朝历代帝王不断在泰山封禅和祭祀。阳：山南为阳。

[2] 汶水：即大汶河。源于山东济南市莱芜区东北的原山，流经泰安。

[3] 济水：又称沇水。源于河南济源附近的王屋山。

[4] 阳谷：指南面山谷的水。

[5] 古长城：战国时期齐国修筑，在肥城县西北。

[6] 日观峰：泰山顶峰，从这里可观日出。

[7] 齐河、长清：均为山东县名，在济南的西面。

[8] 限：阻隔。

[9] 朱孝纯子颖：朱孝纯，字子颍，号思堂，人呼戟髯。隶奉天汉军正红旗，东海（今山东郯城西）人。

[10] 郦道元所谓环水也：在郦道元的《水经注·汶水》中记载：“北合环水，水出泰山南溪。”

[11] 崖限：如门槛般挡在路上的山崖。

[12] 烛：照。

[13] 徂徕（cú lái）：山名，在泰安城东南。

[14] 居：停留。

[15] 樗蒱（chū pú）：古代一种类似于掷骰子的游戏，后来也用来作为赌博的代称。

[16] 极天：天边。

[17] 绛：红色。皓（hào）：白色。驳：颜色夹杂着其他的颜色。

[18] 岱祠：祭祀泰山之神东岳大帝的庙宇。岱，泰山还称岱宗。

[19] 碧霞元君：传说为东岳大帝之女，宋真宗命建祠，并封为天仙玉女碧霞元君。

[20] 皇帝行宫：清乾隆帝曾到泰山东巡，住于此。

[21] 显庆：唐高宗李治的年号。

[22] 石罅（xià）：石缝。

译文

泰山的山南面，汶水一直向西流去，泰山的山北面，济水向东流淌而去。泰山南面山谷里的水都注入汶水，泰山北面山谷里的水都流入济水。山南山北分界的地方，是战国时的古长城。日观峰是泰山的最高峰，在战国古长城南十五里的地方。

我在乾隆三十九年十二月，从北京冒着风雪，经过齐河、长清两县，穿过泰山西北部的山谷，越过古长城的阻隔，到达泰安。这个月的丁未日，我和知府朱孝纯，字子颍，一起从泰山南面的山脚处准备登山，四十五里的山路台阶全是用条石砌成，共有七千多级。泰山正南面一共有三座山谷，中间的那座山谷中的溪水绕经泰安城下，这就是郦道元在《水经注》中所说的“环水”。我们开始顺着中谷一直进到山里，路走了一小半时翻过中岭，再顺着西边的山谷走上一会儿，就到了山顶。古时候登泰山，沿着东面的山谷进去，会路经天门。东边的那道山谷，古人又将其称为天门溪水，那里我们没有到达过。这次经过中岭到山顶，山崖像门槛一样横挡在路上，人们都管它们叫天门。一路上云雾缭绕，路面上结了冰，极为湿滑，石头台阶几乎无法攀登。等到登上了山顶，上眼望去苍茫的群山驮负着皑皑白雪，明亮地照耀着南面的天空。眺望落日映照下的泰安城，汶水、徂徕山如同图画一样，而半山腰滞留的云雾却仿佛像一条带子似的。

戊申这天是月底，夜里五更天的时候，我和子颍坐在日观亭里，等待着日出。大风卷起地上的积雪扑打在脸上。日观亭东面从脚底下开始全是弥漫流溢的云雾。朦朦胧胧中看到有几十颗像白色的骰子一样的东西耸立在云雾中，那是一群山峰。在天边，一线云彩色彩奇异，片刻之间，便变成了五彩的云霞，太阳升起来，朱红的颜色好像朱砂，底下有一片红光托着它不停地晃动。有人说，这就是东海。回头看日观峰以西的山峰，有的被日光照着，有的没有照着，有的红，有的白，色彩斑驳，都像佝偻着身子一样。

日观亭的西面有岱祠，还有碧霞元君祠。皇帝的行宫在碧霞元君祠的东面。这一天，我们观赏了山道两侧的各种石刻，最早是唐高宗显庆年间刻的，之前那些年代更久远的石刻，差不多都湮没了。那些在偏僻之处的石刻，就没有去看。

泰山上石多土少。石头大都是青黑色的，一般都是方方正正的，很少有圆形的。杂树很少，松树却很多，而且大都生长在石缝里，且是平顶。到处都被冰雪覆盖，没有一条瀑布，更没有鸟兽的声音和踪迹。到日观峰的几里之内没有一棵树，而积雪却深能没膝。桐城人姚鼐记。

赏析

这篇游记是姚鼐辞官归家，路过泰山时所作。他的老师刘大櫆说："姬传以壮年自刑部告归田里，道过泰安，与子颖同上泰山，登日观，慨然想见隐君子之高风，其幽怀远韵，与子颖略相近云。"这段话有助于了解姚鼐当时的心境。这篇游记仅五百余字，却将登山、观景、下山的全过程叙述得有条不紊，一清二楚，更将雪后泰山的奇景与东海日出的壮观描绘得生动如画，令人悠然神往，仿佛随其身历其境，文章笔墨之简、构思之深、情趣之雅、意境之高无不堪为典范。作为桐城派的代表，姚鼐于散文创作上强调义理、考证、文章三者有机地融合在一起，此文在记述泰山地理形势，登山路径中，都有明确的考证实据，可见作者写作此文，确实下了一番考证的工夫。在写日暮登山所见以及日出的景观，真实生动，色彩鲜明，极富特征性，足见作者善于观察，善于描摹。姚鼐的写景文虽以描摹的生动和色彩的鲜明见长，但较少心胸的寄托和现实人生的感慨，在这一点上，与上古的一些先辈的记叙均有所不同。这或许也是开后世散文注重描摹景物而少议论的一个先河。

游灵岩记

姚鼐

泰山北多巨岩，而灵岩最著。余以乾隆四十年正月四日，自泰安来观之。其状如垒石为城墉[1]，高千余雉[2]，周若环而缺其南面。南则重嶂蔽之，重溪络之。自岩至溪，地有尺寸平者，皆种柏，翳高塞深[3]，灵岩寺[4]在柏中。积雪林下，初日澄澈，寒光动寺壁。寺后凿岩为龛，以居佛像。度其高当岩之十九，峭不可上，横出斜援[5]，乃登。登则周望万山，殊骛而诡趋[6]，帷张而军行[7]。岩尻[8]有泉，皇帝[9]来巡，名之曰“甘露之泉[10]”。僧出器，酌以饮余。回视寺左右立石，多宋以来人刻字，有墁入壁内[11]者，又有取石为砌者，砌上有字，曰“政和[12]”云。

余初与朱子颖[13]约来灵岩，值子颖有公事，乃俾泰安人聂剑光偕余。聂君指岩之北谷，溯[14]以东，越一岭，则入于琨瑞之山。盖灵岩谷水西流，合中川水入济，琨瑞水西北流入济；皆泰山之北谷也。世言佛图澄之弟子曰竺僧朗[15]居于琨瑞山，而时为人说法于灵岩。故琨瑞之谷曰朗公谷[16]，而灵岩有朗公石[17]焉。

当苻坚[18]之世，竺僧朗在琨瑞大起殿舍，楼阁甚壮，其后颓废至尽。而灵岩自宋以来，观宇益兴。灵岩在长清县东七十里，西近大路，来游者日众。然至琨瑞山，其岩谷幽邃，乃益奇也。余不及往，书以告子颖。子颖他日之来也，循泰山西麓，观乎灵岩，北至历城[19]，复溯朗公谷东南，以抵东长城岭[20]下，缘泰山东麓，以返乎泰安，则山之四面尽矣。张峡[21]夜宿。姚鼐记。

注释

[1] 城墉：城墙。

[2] 雉：古代计算城墙面积的单位。长三丈，高一丈为一雉。这里指高度。

[3] 翳（yì）高塞深：柏林重重，遮掩了高山，隔绝了山谷。翳，遮蔽。塞，隔绝。

[4] 灵岩寺：建于北魏正光年间（520—525），在山东省长清县东南的方山下，寺中有四十罗汉像、立鹤泉、佛日岩、辟支塔、摩顶松等古迹，寺周古木参天。

[5] 横出斜援：横身而行，侧身攀援。

[6] 殊骛：形容四周的群山群趋交驰。诡趋：奔向不同的方向。

[7] 帷张而军行：山势如帷帐张开，又如军队在行进。

[8] 岩尻（kāo）：岩石的尽端。

[9] 皇帝：此指乾隆皇帝。

[10] 甘露之泉：灵岩寺东北，旧有观音殿，殿内观音大士像座下有泉，清乾隆皇帝来巡，书“甘露泉”三字。

[11] 墁（màn）入壁内：镶嵌在墙壁上。

[12] 政和：北宋徽宗年号（1111—1118）。

[13] 朱子颖：朱孝纯，字子颖。

[14] 溯：上溯逆行。

[15] 佛图澄：又名竺佛图澄，高僧，西域龟兹人，晋怀帝永嘉四年到洛阳，云游所至，即广建佛寺，门徒甚众。竺僧朗：僧人名，十六国时前秦人。

[16] 朗公谷：今天琨瑞山前四门塔所在地，竺僧朗曾居于此地，因此又名朗公谷。

[17] 朗公石：在灵岩寺东侧，传说竺僧朗来此讲经，岩石为之点头，因此而得名。

[18] 苻坚：氐族，十六国时前秦皇帝，357 年至 385 年在位。

[19] 历城：今山东省济南市历城区。

[20] 长城岭：在泰安西北六十里处，岭间有古长城，为战国时齐长城，西接平阴，东至大海。

[21] 张峡：在长清县内。

译文

泰山的北面有许多的高山巨岩，而以灵岩山最为有名，我在乾隆四十年正月初四从泰安前来观赏。灵岩山的外形好像一座用石头垒砌而成的城墙，高有千余丈。周围群山环抱，只在南面有一个缺口，在南面缺口前方是层层叠叠的高山遮蔽着，有条条溪流连络着。从灵岩山到小溪，凡是地面上有一寸平整的地方都种上了柏树，浓密的柏树荫蔽了高山，隔绝了山谷。灵岩寺坐落在柏树林中，林子下面仍有一处处的积雪。初生的太阳清澄明亮，寒冷的光芒映照在寺院的墙壁上。寺院后面的崖壁上开凿出了一洞洞的佛龛，里面供奉上了佛像，揣度它的高度，当在接近崖顶的位置上。崖壁陡峭而难以攀登，只有横着身穿行，侧着身子攀援才可能登上去。登上山后眺望四周群山，群趋交驰，奔向不同的方向，有的如帷帐张开，又如军队在行进。山岩的尽端有一眼泉水，乾隆皇帝来此巡幸时，题名此泉为“甘露之泉”。僧人拿出瓢具，舀起让大家品尝。我回视寺庙里左右竖立着的石碑，多是宋代以后人们的刻字，有的镶嵌进墙壁里，有的将石碑砌成了墙，砌墙的石碑上写有“政和”的字样。

我最初和朱子颖相约来游览灵岩山，恰逢朱子颖有公事，于是便派泰安人聂剑光来陪同我一起游览。聂剑光指着灵岩山北面的山谷说，逆着谷中的溪水一直向东，翻过一座山岭，就进入了琨瑞山。因为灵岩谷的溪水向西流，汇合中川之后一起注入济水。琨瑞山的水向西北也流入济水，都属泰山北谷的溪流。据传说晋代名僧佛图澄的徒弟竺，曾经居住在琨瑞山，而时常为人在灵岩山说法，因此琨瑞谷也称朗公谷，而灵岩寺据说还有朗公石。

当年苻坚在世之时，竺僧朗在琨瑞山大肆建造佛殿僧舍，楼阁建造得很是宏伟壮观，之后便渐渐毁弃殆尽，而灵岩寺自宋代以来，房舍楼宇却越来越兴旺。灵岩山在长清县的东北七十里的地方，西靠大路，来此游览的人每天都很多。然而到了琨瑞山，那里的岩石、山谷十分的幽静深邃，也是一种奇观吧。我来不及前往，就写信给朱子颖。子颖以后来这里游览，顺着泰山的西麓，观赏灵岩山，向北到达历城，再沿朗公谷逆向东南，抵达东面的长城岭下，再顺着泰山的东山麓，返回泰安，这样山的四面就都游览遍了。夜晚住宿在张峡。姚鼐记述。

赏析

此文与《登泰山记》为姐妹篇。作者在春节前二日游览泰山，接着在春节后正月初四又游历了灵岩。两篇文章的风格定位迥异，前文写泰山，主要写其壮丽，本文记灵岩，则主要是描写其幽美。全文概略地划分为两部分，前半部以叙事写景为主，后半部则以考证论古为主。如写茂林积雪一段，“皆种柏，翳高塞深，灵岩寺在柏中。积雪林下，初日澄澈，寒光动寺壁。”那种空灵之感，仿佛一种透彻心底的清凉油然而生，虽笔墨极省，但境界已俨然而现，极见描摹的功夫。此文后半部主要考证灵岩一带的地理形势及历史沿革。姚鼐喜欢考据之功，既是写游记，也主张“以考证助文之境”，本文中对朗公谷、朗公石、以及庙宇兴废情况的介绍，都属于这类。这也是作者为文注重将义理、考证、文章三方面统一观点的实践。

游媚笔泉[1]记

姚鼐

桐城[2]之西北，连山殆[3]数百里，及县治而迤平[4]。其将平也，两崖忽合，屏矗墉[5]回，崭横若不可径[6]。龙溪曲流，出乎其间。

以岁[7]三月上旬，步循溪西入。积雨始霁，溪上大声汹然[8]十余里，旁多奇石、蕙草、松、枞、[9]槐、枫、栗、橡，时有鸣巂[10]。溪有深潭，大石出潭中，若马浴起，振鬣宛首而顾其侣。援石而登，俯视溶云，鸟飞若坠。

复西循崖可二里，连石若重楼，翼乎临于溪右[11]。或曰："宋李公麟之垂云沜[12]也。"或曰："后人求公麟地不可识，被而名之。"石罅生大树，荫数十人，前出平土，可布席坐。

南有泉，明何文端公摩崖[13]书其上，曰："媚笔之泉"。泉漫石上，为圆池，乃引坠溪内。左丈学冲[14]于池侧方平地为室，未就，要客九人饮于是。日暮半阴，山风卒[15]起，肃振岩壁榛莽，群泉矶石交鸣[16]，游者悚[17]焉，遂还。

是日，姜坞先生[18]与往，鼐从，使鼐为记。

注释

[1] 媚笔泉：在今安徽桐城市西北。

[2] 桐城：县名，在安徽中南部。

[3] 殆：大概。

[4] 迤（yǐ）平：渐趋平坦。

[5] 墉：城墙。

[6] 崭横：山势高峻绵长。径：通行。

[7] 以岁：于今年。

[8] 淙（cóng）然：流水声。

[9] 蕙草：即薰草，俗称佩兰。枞（cōng）：树名，又叫冷杉。

[10] 嶲（guī）：即杜鹃。

[11] 翼乎临于溪右：像展翅欲飞的大鸟站立在小溪的右岸。

[12] 李公麟：北宋舒州人，字伯时，北宋元佑年间进士，官至御史检法。精通古文字，擅长画山水佛像。元符末年归居桐城龙眠山庄，所以又号龙眠山人。泮（pàn）：古代学宫前半月形状的水池。

[13] 何文端公：何如宠，字康侯，桐城人，明代万历年间进士，累官礼部尚书，武英殿大学士，死后谥号“文端”。摩崖：在山崖石壁上铭刻的文字。

[14] 左丈学冲：左世容，字学冲，乾隆举人，曾任武进县教谕。丈，古代对长者的尊称。

[15] 卒（cù）：通“猝”，突然。

[16] 肃振岩壁榛莽，群泉矶石交鸣：意谓风吹得岩壁上的丛杂草木都失色抖动，连水都冲击山石叫喊起来。矶石，水边突出的石头。

[17] 悚（sǒng）：恐惧，害怕。

[18] 姜坞先生：姚范，字南菁，乾隆年间进士，作者的伯父。

译文

在桐城的西北，连绵起伏的群山大概有几百里，一直到县署所在地才趋于平坦。在地势将要趋于平坦的地方，两座山崖忽然重合在一起，像屏障一样矗立，像城墙一样环绕。山势高峻绵长，仿佛没有路可以通过。龙溪蜿蜒曲折的溪流，在山峦间流淌。

今年的三月上旬，我们步行顺着溪流从西边进入。这时连续多天的大雨，天空刚刚放晴。溪上传来哗哗的流水声，声震山谷。十多里的山路两旁，有许多奇形怪状的石头、香气盈鼻的熏草、松树、冷杉、槐树、枫树、栗子树、橡树等，不时有杜鹃的叫声传来。溪下有座深潭，一块巨石屹立在潭中，仿佛一匹马在里面刚刚洗完澡腾身跃起，甩着鬃毛回头看它的伙伴。拉着石头向上攀登，低头看潭水中的倒影，天空中的云好像溶化在水里，飞鸟像是在往下掉。

接着沿着悬崖往西走大约二里，层叠的石头好像高楼，像展翅欲飞的大鸟站立在小溪的右岸。有人说："好像是宋朝李公麟所画的垂云沜啊。"还有人说："后人寻找李公麟画的地方没有找到，于是就称这块石头为'李公麟垂云沜'。"在石头的缝隙间长出一棵参天大树，树荫能遮阴几十个人。大树的前面有块平地，可以铺上席子席地而坐。

树的南边有眼泉水，明代的何文端先生的书法刻在山崖的上面，上面书写着四个大字“媚笔之泉”。泉水漫过石头形成一个圆形的水池，随后流到下面的小溪中。左学冲老人在水池侧面的平地上建了一座房子，还没有建成，邀请了九位客人在这里饮茶。黄昏时，天气忽然转阴，山风骤起，吹得岩壁上的灌木和野莽簌簌作响，溪水和水边的石头飒飒尖鸣。游人一片惊恐，于是便都回去了。

这一天，我的伯父姜坞先生也去了，我跟随他，他让我记下来这件事。

赏析

姚鼐是安徽桐城派的古文大家，他对家乡的山水多有描绘。桐城西北龙眠山，山势绵亘起伏，岩壑深秀，媚笔泉便是其中的一处风景名胜。本篇记叙的便是他沿龙溪入龙眠山到媚笔泉的一次游历过程。整篇文章紧紧抓住一个“游”字，先写桐城西北的形胜，次写循龙溪西入，沿途所见之景物风光，而后落在媚笔泉，从而将媚笔泉与桐城、龙溪沿途的景物风光连为一幅完整的图画，这种写法即为游记中经常使用的方法——“移步换形法”。使用“移步换形法”来写游记，虽然条理清晰、脉落顺畅，但有个缺点，便是极易写成一本流水账。这篇游记仅三百余字，却能给人留下深刻的印象，这是缘于作者能够紧紧抓住景物的特征，予以景物以细致入微的刻画，如写潭中大石，“若马浴起，振鬣宛首而顾其侣。”比喻可谓是生动而贴切；又如写山石之高，用“俯视溶云，鸟飞若坠”，可以说是极为传神生动。桐城派诸家素来以讲究文字的简洁，本文也不例外，从句式看短句多；用字方面更是增减一字都不可能，这便是文字的功力，也是桐城一派的特色，同是游记，同是一处景观，诸家有诸家的不同，诸人有诸人的不同，可谓各显神通，各具特色。

西樵[1]

李调元

作者简介

李调元（1734—1802），字羹堂、号雨村、童山蠢翁。四川罗江县（今四川省德阳市罗江区）人，清代四川戏曲理论家、诗人。乾隆二十八年（1763）进士，历任户部主事、广东学政、直隶通永道等职。乾隆四十七年（1782），李调元奉旨护送一部《四库全书》去盛京（今沈阳），因途中遇雨，沾湿黄箱而获罪，被流放新疆伊犁效力，旋经友人搭救，从流放途中召回，发回原籍，削职为民。他深感仕途坎坷，吉凶莫测，于是绝意仕进。去职回籍后，他“啸傲山水，以著述自娱”，每日更是“废寝忘食，以苦读为乐事，无一日之懈”。著有《童山全集》，辑有《全五代诗》、民歌集《粤风》、戏曲论著《雨村曲话》《雨村剧话》等。

广州有三樵，日东樵，曰南樵，曰西樵。西樵者，南海之望[2]；而东樵，罗浮[3]之佐也。去广州治西百余里。奇可秀峭拔，挹[4]云霄而上之，望若青莲之花。而四面方立，立皆内向。诸峰大小相联属，皆隐于削成之中，又若芙蕖[5]之未开然者。

山之东，凡二十峰；南十有五；西十有八；北亦十有八；合为七十二峰。而以大科[6]为绝顶七阳。岩二十有一。洞有十。其飞泉散出于诸峰间，乍合乍分。合者为卧泉[7]，分者为立泉[8]，状各不一，凡泉三十有二。

其一在喷玉岩，一在锦岩，一在漱玉岩。二在垂虹洞，左右交流，如双虹下饮，故曰垂虹。又有二泉在云谷中，群峰回合，势若层城。有白沙书院[9]，瀑布左右夹之。合流行石上，委曲数里，从岩顶喷飞，因名其下岩曰喷玉。

又有泉二，在天峰左者曰左天泉，右者曰右天泉，合奔云谷，注于九曲之溪。有二亭，曰左瀑，曰右瀑，以收其胜。其在广朗洞口者，凡作三级，逶迤而下，冰轰雪吼，倒射青冥[10]，势益瀑。

又一在水帘洞，是曰水帘，为九曲溪下流，披洒壁间，霏微若珠箔[11]。又一在云端村，其曰泻钱泉者，从空细下，倾击有声，石薄岩虚[12]，琮琤[13]相应，亦一瀑布也。其在碧玉洞者，擘[14]崖而出，横直恒无定势，余气为烟为雾者，冥濛[15]竟数十丈，望之常若非泉然。盖自喷玉岩至此，为飞泉者十有三矣[16]，而以此碧玉之瀑为最奇。

注释

[1] 西樵：即樵山，在广东省广州市西，今天广东佛山市南海区境内。

[2] 望：边际。

[3] 罗浮：即罗浮山，在广州市增城区。

[4] 挹：牵，拉。

[5] 芙蕖：荷花。

[6] 大科：即大科峰，为西樵山的主峰。

[7] 卧泉：指溪流。

[8] 立泉：指瀑布。

[9] 白沙书院：以明代理学家陈献章命名的书院。陈献章，广东新会白沙里人，人称白沙先生。

[10] 青冥：天空。

[11] 霏微：迷蒙飘洒貌。珠箔：珠帘。

[12] 岩虚：指岩石中有孔洞。

[13] 琮琤：形容敲打玉石的声音，有时也形容流水的声音。这里形容水石相击的声音。

[14] 擘（bāi）：同“掰”。

[15] 冥濛：水雾弥漫的样子。

[16] 十有三：指喷玉岩一，锦岩一，漱玉岩一，垂虹洞二，云谷二，天峰二，广朗洞口一，水帘洞一，云端村一，碧玉洞一，凡十三处。

译文

广州有三座樵山：名为东樵山、南樵山、西樵山。西樵山，在南海县的边上；东樵山，在罗浮山的一侧。距离广州府署以西一百多里。奇绝的景色堪称秀丽、峻峭、挺拔。山峰直上云霄，远远望去好像青莲花。群峰四面竖立，竖立的方向都朝向中间，所有的山峰不论大小全都相连，全都隐藏在悬崖之中，又好像还没有盛开的莲花。

山的东边有二十几座山峰，南边有十五座，西边有十八座，北边也有十八座，合在一起总共是七十二座山峰，而其中以大科峰的七座山峰称作“绝顶七阳”。岩崖有二十一座。山洞有十个。其中的飞泉散布在各山峰之间，时而汇合时而分离。汇合的叫作溪流，分离的山峰叫作瀑布，形状各不一样。泉水有三十二个。

其中一条在喷玉岩，一条在锦岩，一条在漱玉岩。两条在垂虹洞，左右两条水流交汇，就像两条彩虹下垂，所以叫作垂虹泉。又有两条泉水在云谷中，群峰层峦叠嶂，就像层层城池；那里有座白沙书院，坐落在两条瀑布之间。两条瀑布的流水在山石上交汇，蜿蜒流淌好几里，从岩石的顶上喷泻而下，因此瀑布下面的这块岩石叫作“喷玉石”。

又有两条泉水，其中一条在天峰左面的叫左天泉，右面的叫右天泉，两条泉水合在一起后奔流进云谷，注入九曲溪；这里有两座亭子，一座叫左瀑亭，一座叫右瀑亭，在这里风景一览无余。溪水流到广朗洞口，分成三级，蜿蜒曲折而下，好似冰崩雪塌之声，反向激射到天空中，气势更加猛烈。

又有一条泉水在水帘洞，称作水帘泉，是九曲溪的下流，从石壁上披洒而下，细密的水珠迷蒙飘洒，就像珠帘。还有一条泉水在云端村，叫作泻钱泉，从空中纤细落下，倾落在地上发出声响，石层很薄，岩石中间空洞，像玉石一般清脆的声音相互回应，这也是一条瀑布。还有一条泉水在碧玉洞，劈开崖壁流出来，或是横着或是竖着没有固定的形状，水汽凝成烟雾，弥漫上升竟有好几十丈，望去经常觉得它不是泉水。从喷玉岩到这里，飞泉有十三个，其中以碧玉瀑景色最为奇异。

赏析

这是一篇描写岭南山水胜景的小品佳作，文章风格清新秀雅，别具一格。首先，作者描绘了西樵山的总体外观形象，恰如一朵含苞欲放的莲花。随即介绍山东的二十峰，在这里作者运用了一组不同的数字，或概总体，或计个体，或说岩、或说洞、或说泉，总之分门别类各不相同，有趣而新鲜，为文章增添了一种独特的审美效果。接着将视角推向西樵景观中最为奇特的十三瀑布：垂虹瀑如双虹下饮，喷玉岩瀑布如玉珠散落。极富视觉冲击效果。再写左右天泉，连作三叠，奔突而下，其声冰轰雪吼，气势磅礴。水帘洞之水披洒壁间，"霏微若珠箔"；泻钱泉从空中细细流下，击打岩石，"琮琤相应"，好似金钱落地。碧玉瀑"擘崖而出，横直恒无定势"。如烟如雾，"冥濛竟数十丈"，所有这些描写，作者摄其貌，录其声，传其神，生动地勾画出群瀑争流的美景。由此更可见，在作者细腻的笔法和精致的雕琢之下，所构筑成的那空灵、幽远的境界。

霍山

李调元

霍山[1]在龙川县北，周旋[2]七十余里，为峰三百七十有二，最秀者曰大佛迹[3]。秦始皇时有霍龙字灵阳者居之，因名霍山。

其巅有二岩。东向者曰望月，无甚奇。西向者曰太乙[4]，深八九丈，广倍之，高二丈余。上有覆石，平如掌，左右两峰夹之，是为霍山洞天。

其东有横岩[5]。在半壁岩中，有一石出地数尺。人偶撼之，辄动；及力撼之，反不动；亦一异也。岩上峰名酒瓮石[6]，崛起平地百余仞，上锐，中博，下顿[7]，如瓮然。泉涓涓倾出，味甘如醴[8]，因名酒瓮泉。所注成潭，大亩许，清深不测。旁多万年松、风兰、仙人掌、金星草、黄精、白术之属，远近随风，处处芬馥，如入罗浮之百花径矣[9]。

大佛迹峰在山南。石上有大人迹[10]十四所。迹有黄牛浆，甚澄澈。邻峰曰石楼，亦有巨人履迹。下有一石，可坐数十人，为仙乐石。又有捣药石，常闻杵声，而不可见。寻之，多在志公楼[11]峰之腰。又有七星石井[12]，大各如盆，深数尺，水随汲随盈，不汲不盈，盈必七井一时盈。其上一峰曰船头[13]，凌晨望之，若大舶在海岛中，云气往来，如鼓枻[14]摇动，亦一异也。

注释

[1] 霍山：在广东龙川县东北。是广东七大名山之一。传说秦朝霍龙自吴地迁越地，避乱隐居于此，结庐讲学，后来，世人将此山命名为“霍山”。

[2] 周旋：曲折绵延。

[3] 大佛迹：即大佛迹峰，在霍山南面。

[4] 太乙：即太乙岩，是霍山最大的天然石洞，深约二十米，广约三十七米，高五米。洞中原有一口古井，深邃无底，传说与汕头的大海相通，人们时常能听到海啸声。岩内过去曾为青华观，岩前建灵山寺，唐宣宗为僧时，曾到此。

[5] 横岩：亦名“横岩傲雾”，也是霍山十景之一。

[6] 酒瓮石：山峰名，又称“酒瓮凌云”，为霍山十景之一。因形似酒瓮倒置，因此得名。

[7] 頓：下部平稳。

[8] 醴：甜酒。

[9] 罗浮：即罗浮山，在广东省增城、博罗、河源等地间，为粤中名山。百花径：罗浮山名胜。

[10] 大人迹：巨人的脚印，据说是仙人的脚印。

[11] 志公楼：志公即南朝高僧宝志。相传曾在此处显示灵验，故称“志公楼”。

[12] 七星石井：又称七井仙泉，势如七星，大小如盆，瓮深数尺，其泉清澈，不汲不盈，最为奇异。

[13] 船头：即船头石，为霍山之巅。这里丹崖如削，峰近九霄，外

形颇似船头，故此得名。其中“船头观日”，也是霍山十景之一。

[14] 鼓枻（yì）：摇动船桨。

译文

霍山在龙川的北面，绵延环绕有七十多里，山峰有三百七十二座，最为秀丽的山峰名叫大佛迹峰。据说，在秦始皇时有个叫霍龙，字灵阳的人在此居住过，因此得名霍山。

霍山的山顶有两座岩洞。洞口向东的一座名叫望月洞，没有什么奇异的。向西的名叫太乙洞，洞深有八九丈，宽是深的一倍，洞高有二丈多。洞顶覆盖着岩石，十分平坦，就像人的手掌一般，左右两边有两座山峰相夹，这就是霍山洞天。

霍山洞天的东面是一道横岩。在岩石的半山壁上，有一块石头离地数尺。有人偶尔撼动它，立即会摇动不止；等到极力去撼动时，反而不动了。这也是一处奇异的景物吧。横岩上面的山峰名叫酒瓮石峰，从平地崛起有百丈高，上方尖锐，中间广博，底下稳顿，好像一口大瓮一般。泉水从中涓涓流淌而出，味道甘甜似酒，因此得名酒瓮泉。所流下的水汇聚成水潭，一亩地大小，潭水清澈深不见底。旁边多生长着万年松、凤兰、仙人掌、金星草、黄精、白术之类的植物，被风一吹荡，不论远近，处处芬芳四溢，好像进入了罗浮山的百花径中一般。

大佛迹峰在霍山的南面，岩石上面有巨人的足迹，前后有十四处。巨人足迹里的水叫黄牛浆，十分清澈透明。相邻的山峰名叫石楼峰，也有巨人的足迹。下面有一块巨石，上面可以坐几十人，叫仙乐石。还有捣药石，人们常常能听到木杵的捣药声，但却不见人。前往探访，这些景物多在志公楼的半山腰。还有七星石井，大小有如脸盆，深有数尺，水随着人们不时的提取而随时充盈，不取时也不外溢，而充盈时必得七口井同时一起充盈。七星石井的上面还有一座山峰名叫船头峰，凌晨时眺望，好像一艘大船停泊在海岛之中，云气飞扬，船头峰就像是摇着船桨在游动，这也是一处景观啊！

赏析

霍山位于广东龙川县东北，为当地名胜。乾隆四十二年（1777），作者出任广东学政，“遂得遍历全省诸郡县”，于是撰述了记载广东风土人情的《南越笔记》。这篇文章便选自其中，文章着眼在写霍山之“奇”。如“有一石出地数尺，人偶撼之，辄动；及力撼之，反不动”“又有捣药石，常闻杵声，而不可见”。另还有巨人履迹的巨石等，这些都可称得上石奇。此外还有水奇，如“味甘如醴”的酒瓮泉，以及“水随汲随盈，不汲不盈，盈必七井一时盈”的七星石井等。另外还有峰奇，如“凌晨望之，若大舶在海岛中，云气往来，如鼓枻摇动”的船头峰等，这些神奇的景观，本就景色而言已能吸引观者的眼睛，再加之作者这神来之笔的描绘便更能引人入胜。所以，此文虽短小精悍，但简练之中透着灵秀，使人能从中品味出一种独特的意境来。

游历山[1]记

黄钺

作者简介

黄钺（1750—1841），字左君，一字左田，安徽当涂（今安徽省马鞍山市）人，清朝诗人。乾隆五十五年（1790）进士。官至礼部尚书。谥“勤敏”，著有《西斋集》。

嘉庆甲子[2]，九月九日，济南省试[3]毕，诸同考官招游城南历山，修登高故事[4]。去城五里至其麓，拾级而上，可十丈，憩于半山亭。再折而上，十丈许，始至寺[5]门。东转，有屋三楹，题曰“旷如”。全城在望矣。所谓“鹊华秋色[6]”者，立列于前。鹊山如扆，华不注如未开芙蓉。是日，天阴晦，时有小雨飞洒，两山明灭于烟霭迷茫中，犹可爱。明湖为芦苇所填塞，不见水光，又甚可憾。

茶罢，遍历山径，略如燕子矶[7]永济寺，而雄秀不及。谒舜祠[8]塑像，衮冕执圭[9]，如三十许人。左右妃肓娅嗇[10]珠冠蟒服，不觉失笑。历山本非大舜耕处[11]，然有其举之，莫敢废也，则于木主宜[12]。过黔娄洞[13]，白须方巾，如世之土地神者，余戏呼为“我辈祖师”，同人皆绝倒。刘司马大绅[14]，作诗以实之。恐黔公怒我寒士不逊也。是日，游人如织，男女错杂，耳目扰乱，减人清兴。归于湖北铁公祠之小沧浪，饮焉。

注释

[1] 历山：即千佛山。

[2] 嘉庆甲子：即清嘉庆九年（1804）。

[3] 省试：即乡试。明清时科举考试，每三年在各省的省城举行，时间在每逢子、午、卯、酉年的秋天，中试者称举人。

[4] 修登高故事：按旧例九九重阳节，古人要登高饮酒习俗。修，沿袭。故事，旧例。

[5] 寺：指兴国禅寺，在千佛山庙宇的西半部，唐朝贞观年间建。

[6] 鹊华秋色：为“历下八景”之一。秋季登山远眺，鹊山、华山隔水相对而立，鹊山如乌鹊展翅欲飞，华不注山如芙蓉注水，南连岱云，东接海色，苍翠微茫，二山若浮于烟云之中。

[7] 燕子矶：在今江苏南京市东北部。矶头屹立在长江岸边，为岩山东北小峰，三面临水，宛如飞燕，登矶俯视，形势险峻。

[8] 舜祠：此指千佛山寺内（庙宇东半部），祭祀虞舜的神祠，又称重华协帝殿。

[9] 衮冕执圭：穿着衮衣，戴着皇冠，手持玉圭。

[10] 左右妃：左右二妃配享。相传舜娶尧的两个女儿，娥皇、女英为妃，舜南巡死于苍梧（今天湖南），二妃哭临江南，同投湘水而死，

成为湘水之神。盲娅罃（yīng）：一个妃子没了眼睛，另一个妃子失去了头，像只盛灯油的壶。娅，姊妹二人丈夫的互相称谓。罃，盛灯油的壶。

[11] 大舜耕处：关于传说中舜耕的历山，有多种解释。其中以汉代郑玄为代表的，认为历山在山西，而以宋代曾巩为代表的认为千佛山即舜所耕历山。

[12] 然有其举之，莫敢废也，则于木主宜：意为，即建有舜祠，而后人又不敢废毁，那就不必塑像，倒是用牌位更好一些。木主，用木板制作的牌位。

[13] 黔娄洞：在兴国禅寺南侧。黔娄，战国时齐国的隐士。隐居在济南东南的山中。曾著书四篇，宣传道家主张。而洞中他头戴"方巾"的塑像，是战国人作宋元后的打扮，既像土地神，又像儒生，所以作者"戏呼为我辈祖师"而引起同行人的大笑，绝倒。

[14] 刘司马大绅：即刘大绅（1747—1828），字寄庵，云南宁州（今华宁）人，曾在济南、跃城（今山东恒台）、文登（今天山东）任职。

译文

嘉庆甲子年的九月初九，济南乡试完毕，各位同考官招呼我一同游历城南的历山，学习古人九九重阳节登高的习俗。离城五里，来到历山的脚下，顺着石阶向上登了十丈左右，在半山亭中休息。再转弯向上攀登了十余丈后，才到达了兴国禅寺的门前。向东拐弯有三间屋，门上题写着"旷如"二字，向下俯看，济南城尽收眼底。

人们所说的“鹊华秋色”展现在眼前，鹊山仿佛一只木屐，华不注山像是没有盛开的荷花。这一天天空阴霾，不时有小雨飞洒而下。鹊山和华不注山在烟雾迷茫中忽明忽灭，很是可爱。大明湖被芦苇填塞得看不见水光，又实在令人感到遗憾。

喝过茶之后，游遍了历山上所有的道路，觉得和燕子矶的永济寺略微相像，但雄伟俊秀却不及。之后拜谒了舜帝的塑像，舜帝身穿衮衣，头戴皇冠，手持着玉圭，好像三十岁左右的人。他的左右是两个妃子的塑像，一个失去了眼睛，一个失去了头，像只盛灯油的壶，头上戴着珠冠，身上穿着蟒服，让人看了不觉失笑。历山本来不是大舜耕田的地方，然而有人将其推举出来后，他人便不敢轻易地废弃了。我看，不如立个牌位最适宜。经过黔娄洞，洞内黔娄的塑像塑着白色的胡须，头戴着方巾，好像世间的土地神，我戏谑地称它为我们的祖师，同游的人都大笑着险些躺倒。司马刘大绅作诗加以证实，只是恐怕黔娄公因我出言不逊而发怒。这一天，历山上的游人如织，男女混杂，相互干扰，使人游兴大减。于是返回大明湖北面的铁公祠小沧浪亭举杯畅饮。

赏析

这篇游记简短而明快，叙事状物不拖沓，全文依游踪记叙。开篇介绍了此次游览历山的时间及缘起，之后出城到登顶的这一段记述作者只是简练地一笔带过，详写的是登顶后的俯瞰山下全景的描写。一句“全城在望矣”涵盖了全部，而随后描述了“历下八景”

之一的鹊华秋色。“鹊山如扆，华不注如未开之芙蓉。”两个形容将两山的不同姿态一笔带出，接着又进一步修饰了登览时所看到的情形，“小雨飞洒，两山明灭于烟霭迷茫中。”接下一段，作者由远眺山下景色，拉回到了山上的景观上，“谒舜祠塑像，衮冕执圭，如三十许人。左右妃盲娅蓇，珠冠蟒服，不觉失笑。”这段描写客观而生动，本是庄严肃穆的神像，在作者笔下却是残破不堪，一个失去了眼睛，一个失去了头，像只盛灯油的壶。接着，引发作者的议论，“历山本来不是大舜耕田的地方，然而有人将其推举出来后，他人便不敢轻易地废弃了。我看，不如立个牌位最适宜。”一句话彰显出作者的知见，这是一个知古不迷信的真正儒家学者。随即的一句描写则在风趣幽默中更将其性格彰显无疑，全文的亮点在末段的记景议论上，游记散文发展到清代，作者的思想与用笔都已蜕去了昔日的庄重与修整，越发变得随适随性，尤其是在这篇游记中更是人文化、人性化。

游歙西徐氏园记

王灼

作者简介

王灼（1752—1819），字明甫，一字悔生，号晴园，又号滨麓。安徽桐城（今枞阳石矶乡）人。乾隆五十一年（1786）举人，先任祁门县训导，后任东流县教谕。辞官后，主讲于祁门东山书院，从学者达数百人之多。少时，以所作的诗文谒见刘大櫆，受到刘大櫆的赏识，于是师从刘大櫆学习八年，大获教益。后来设馆歙县，与张惠言等人研讲经学，阐明经义。张惠言等人重视王灼的人品、学问，全都以师事之。后来，张惠言成为桐城派支流“阳湖派”的创始人，吴定麟亦成为当时的儒宗。著有《悔生文钞》《诗钞》《枞阳诗选》《明文约选》。

歙西[1]徐氏有园，曰“就园”，方广可数十亩。其西北隅凿地为方池，引溪水入焉。池之四周，皆累以危石；池上横石为桥，以通往来。由池而西为亭，再西翼然[2]而出者为楼；池之南端，临以虚堂[3]，堂半出水上，前有横栏可俯；堂背为渠，溪水所从入池者也。

循渠折而东行，皆长廊，中累层石为台，台高二寻，其上正平，可罗坐十余人，旁植梅桧竹柏石楠甚众。台下逶迤环以复壁[4]，北复构堂三楹。堂之右侧，与前池通；由堂左折，循墙入重门，中敞以广庭[5]，前缭以曲榭[6]，繁蕤翳生[7]，而牡丹数十百本，环匝[8]栏楹，花时尤绝盛。由庭东入，其间重阿曲房，周回复壁，窅然[9]而深，洞然而明[10]。墙阴古桂，交柯连阴[11]，风动影碧，浮映衣袂[12]。园之外，田塍[13]相错，烟墟远树，历历如画，而环歙百余里中，天都、云门、灵、金、黄、罗诸峰[14]，浮青散紫，皆在几席。盖池亭之胜，东西数州之地，未有若斯园者。

予馆于歙数年，尝一至焉。戊申六月[15]，复集同人来游于此。时天雨新霁，水汩汩循渠流，予与二三子解衣击壶[16]，俯绿阴，藉盘石，乘风乎高台，祓除乎清流[17]，讙嘻淋漓，诙嘲谈谑。及日已入，犹不欲归。园者皆瞪目相顾，嗟愕怪骇[18]。

既归，二三子各适其适[19]，顾吾独悲园之朽蠹颓坏，已异于始至，则继此而游，木之蠹、石之泐[20]，其又可问耶？且吾数人暂合于此，一日别去，将欲从数百里外，齐轨连辔[21]，复为此穷日之游，其又可得耶？无以寓吾之思，因为之记，俾后之人知有斯园之胜，并知有斯园今日之游。

同游者三人：严州胡熙陈禹范、常州赵彬汸如、张一鸣皋文。

注释

[1] 歙西：安徽歙县西面。

[2] 翼然：指楼的四角向上翘起，像鸟的翅膀一般。

[3] 虚堂：高堂。

[4] 复壁：夹墙，两重墙壁而中间空。

[5] 敞以广庭：中间的庭院很宽敞。

[6] 前缭以曲榭：前面有曲折的台榭环绕。榭，建筑在高台上的房屋。

[7] 繁蕤翳生：草木繁盛，浓荫蔽日地生长。

[8] 环匝（zā）：围绕。

[9] 窅然：深远的样子。

[10] 洞然而明：幽深而又明亮。

[11] 交柯连阴：树枝交错在一起，树荫连成一片。

[12] 衣袂：衣袖，此指衣衫。

[13] 田塍：田埂。

[14] 天都：黄山三十六峰之一。云门：两面三刀峰对峙，云气中通，好似两扇大门，故称云门，黄山三十门峰之一。灵：灵山。在歙县西北二十里。金：金紫山，在歙县东三十五里。黄：黄牢山，在歙县西南三十里。罗：黄山岩谷之一，即罗条山。

[15] 戊申六月：清乾隆五十三年，1788 年。

[16] 击壶：又称“击碎唾壶”“击玉壶”。据《晋书王敦传》记载：“王敦每酒后辄咏魏武帝乐府歌曰：‘老骥伏枥，志在千里。烈士暮年，壮心不已。’以如意打唾壶为节，壶边尽缺。”原来形容对文章诗赋的极度赞赏，后亦用来形容抒发壮怀不平之情。

[17] 祓除乎清流：即在清流中沐浴。祓除，古代去灾除邪的一种仪式。

[18] 嗟愕怪骇：嗟叹惊愕，奇怪惊奇。

[19] 各适其适：各自找到各自的归处。

[20] 泐：岩石被风化分解。

[21] 齐轨并辔：将车驾并在一起前行。

译文

歙县西面有一座徐氏花园，名叫“就园”，方圆大致有数十亩。在园子的西北角挖地建造了一个方池，将溪水引到里面。池子的四周都垒起高大的石头，池子的上面横了一块石板为桥，以便于人们往来。由池子往西有一座亭子，再往西是一座四檐飞起的小楼。方池的南端，临近的是一座高堂，高堂的一半建在水上，前面有横着的栏杆可以俯身依靠。高堂的背后是一条水渠，溪水就是从这里流入池子的。顺着水渠拐弯再向东行，都是长廊，长廊的中间用层层的石头，垒成一座高台，台高两丈，上面平整方正，可以排列坐下十余人。高台两旁种植着许多的梅树、桧树、竹子、柏树、石楠等树。台下弯曲环绕的是一道夹墙；北面又构建了三间高堂，高堂的右侧，与前面的池子相通。由高堂向左拐，顺着围墙进入园内的第二道门，中间是宽敞的庭院，前面环绕着曲折的台榭，草木繁盛，浓荫蔽日，其中牡丹有近百株，环绕着栏杆和房舍，到了开花的季节尤其繁盛。由庭院东侧再进去，里面是重复曲折的房室，来回环绕的夹墙，既深远又明亮。夹墙的背阴处生长着古老的桂树，桂树枝桠交错，树荫连成一片，微风吹来，影子随之摇动，映照在游人的衣襟上。园子的外面，田埂相错，炊烟、小村、远树，历历在目，犹如画卷。而围绕歙县百余里内，天都峰、云门峰、灵山、金紫山、黄牢山、罗条山诸峰，全都浮动着青色的云彩，散发着青紫的雾气，好像全都在案几之间。总之，就园的池水、亭台的优美，在东西邻近的几个州中，没有能超过它的。

我在歙县寓居数年，曾经去过就园一次。乾隆五十三年六月，又召集好友来此游览。当时雨后初晴，溪水顺着水渠汩汩地流着，我与两三个好友解衣击壶，抒发情怀，俯身坐在绿荫下的盘石上，乘着风在高台之上，沐浴于清流之下，大家欢笑淋漓，相互嘲弄戏谑，直到日头下山还不想回去。游园的人都睁大了眼睛看着我们，显出惊奇的表情。

回去以后，朋友们各自回到各自的归处，只有我一个人悲叹于就园的坍塌倾毁，它已经不像我第一次游园时的样子了。假若下一次再游时，恐怕木料的腐朽，石头的风化，又不知毁坏到什么程度了。而且我们几个人暂时聚会于此，一旦分别，想从数百里之外，一起驾车赶来，再来一次这样的整天的游玩，又哪能得到机会呢？因为无处寄托我的思绪，所以写了这篇记，使后人知道有这样一个园林的胜景，并且知道我们几人有过今日之游。

同游的人有三个，严州的胡熙陈字禹范，常州的赵彬字汸如，张一鸣字皋文。

赏析

古代游记散文中，以一亭、一园作游记的人，大都会寄寓一种个人的情怀，或是人生的慨叹，或是物理、世情的顿悟，或是性理的宣扬……这篇游记开篇记叙的是歙西徐氏园的昔日面貌，园内是方池、清渠、亭台堂榭、曲径长廊、珍花佳木；园外是边村远村、群峰竞美。这一系的重笔描写可谓是精雕细琢，浓妆粉饰，使读者读后有一种奢华侯王家，绮丽大观园之感。随之笔峰一转，作者与二三好友旧地重游，却将园内景物一笔带过，只描写游园之乐了，而当游罢回归之后，作者的慨叹如江河之水一般喷薄而出："顾吾独悲园之朽蠹颓坏，已异于始至。""木之蠹、石之泐，其又可问耶？"这是对园子今昔对比，旧园颓废不堪的感叹，"吾数人暂合于此，一日别去，将欲从数百里外，齐轨连辔，复为此穷日之游，其又可得邪？"这又是对故人分别，从此天涯，不知何时又能相见的一种感叹。从某种意义上说，园林亭台的衰败往往是一家一国败亡的缩影，作者正是用这种今昔对比的手法，将昔日园子的繁盛与今天园子的衰败做了一个对比，慨叹无常变化的人生与世事。

游庐山记

恽敬

作者简介

恽敬（1757—1817），字子居，号简堂，武进（今江苏常州市）人。乾隆四十八年（1783）举人，曾在京师担任咸安宫官学教习一职，之后历任富阳、新喻、瑞金等县县令，以廉声卓异，擢升南昌府同知，后改署吴城同知。为人负气，尚名节，为忌者诬劾，以失察罢官。恽敬肆力于古文辞，其古文得力于韩非、李斯，与苏洵为近，风格较自然奔放。与张惠言等人在乾隆五十二年（1787）创立“阳湖派”。著有《大云山房文稿》。

庐山据浔阳、彭蠡[1]之会，环三面皆水也。凡大山得水，能敌其大以荡潏之则灵[2]。而江湖之水，吞吐夷旷[3]，与海水异。故并海[4]诸山多壮郁，而庐山有娱逸之观[5]。

嘉庆十有八年三月己卯[6]，敬以事绝宫亭[7]，泊左蠡[8]。庚辰，舣星子[9]，因往游焉。是日往白鹿洞[10]，望五老峰，过小三峡，驻独对亭，振钥顿文会堂[11]。有桃一株，方花；右芭蕉一株，叶方茁。

月出后，循贯道溪[12]，历钓台石、眠鹿场[13]，右转，达后山。松杉千万为一桁[14]，横五老峰之麓焉。

辛巳[15]，由三峡涧陟欢喜亭[16]。亭废，道险甚。求李氏山房[17]遗址不可得。登含鄱岭[18]，大风啸于岭背，由隧来。风止，攀太乙峰[19]。东南望南昌城，迤北望彭泽[20]，皆隔湖，湖光湛湛然[21]。顷之，地如卷席渐隐；复顷之，至湖之中；复顷之，至湖壖[22]，而山足皆隐矣。始知云之障，自远至也。于是四山皆蓬蓬然，而大云千万成阵，起山后，相驰逐布空中，势且雨，遂不至五老峰，而下窥玉渊潭[23]，憩栖贤寺[24]。回望五老峰，乃夕日穿漏，势相倚负。返宿于文会堂。

壬午[25]，道万杉寺[26]，饮三分池[27]。未抵秀峰寺里所[28]，即见瀑布[29]在天中。既及门，因西瞻青玉峡[30]，详睇香炉峰[31]，盥于龙井[32]。求太白读书堂[33]不可得，返宿秀峰寺。

癸未[34]，往瞻云[35]，迂道绕白鹤观。旋至寺，观右军墨池[36]。西行，寻栗里卧醉石[37]。石大于屋，当涧水。途中访简寂观[38]，未往，返宿秀峰寺，遇一微头陀。

甲申[39]，吴兰雪携廖雪鹭、沙弥朗圆来，大笑排闼[40]而入。遂同上黄岩[41]。侧足逾文殊台[42]，俯玩瀑布下注，尽其变。叩黄岩寺，跐[43]乱石；寻瀑布源，溯汉阳峰[44]，径绝而止。复返，宿秀峰寺。兰雪往瞻云，一微头陀往九江。是夜大雨。在山中五日矣。

乙酉[45]，晓望瀑布，倍未雨时[46]。出山，五里所，至神林浦[47]，望瀑布益明。山沉沉苍酽[48]一色，岩谷如削平。顷之，香炉峰下，白云一缕起，遂团团相衔出；复顷之，遍山皆团团然；复顷之，则相与为一。山之腰皆弇之，其上下仍苍酽一色，生平所未睹也。夫云者，水之征，山之灵所泄也。敬故于是游所历，皆类记之，而于云，独记其诡变足以娱性逸情如是，以诒后之好事者焉。

注释

[1] 庐山：在今江西九江市南。浔阳：古代的江名，指长江流经浔阳（治所在今九江市）境内一段的古称，在今江西九江市北。彭蠡：鄱阳湖的古名。在今天江西省北部。

[2] 凡大山得水，能敌其大以荡潏之则灵：凡是大山与水相近，而那水的气势恰又能和大山之势相匹敌，并在大山周围涌动激荡，那山水便很秀丽。敌，匹敌。荡潏（yù），水势大而流速快的样子。

[3] 吞吐夷旷：湖水出入很顺畅。

[4] 并（bàng）海：近海。并，通“傍”，靠近。

[5] 娱逸之观：指景观使人感到愉快安逸。

[6] 嘉庆十有八年三月己卯：即清仁宗嘉庆十八年农历三月十二日（1813 年 4 月 12 日）。

[7] 敬：作者自称。绝宫亭：横渡宫亭湖（即鄱阳湖的别称）。因庐山下，彭蠡湖边有宫亭庙而得名。

[8] 左蠡：左蠡湖，习惯上指鄱阳湖北部的湖泊。

[9] 庚辰：指这个月十三日。舣（yǐ）：停船。星子：县名，今属江西。

[10] 白鹿洞：在庐山东南麓的五老峰下。唐德宗贞元年间（785—805），洛阳人李渤和他的哥哥李涉曾隐居于此读书，并养了一只白鹿，时称之“白鹿先生”，住所为“白鹿洞”。后来李渤为江州刺史，便在故地建筑台榭，命名为“白鹿洞”。宋时为四大书院之一。五老峰：

在庐山东南方，为庐山最高峰，五座山峰突兀凌霄，有如五老人并肩而立，因此而得名。

[11] 振钥：打开房门。顿：止宿。文会堂：在白鹿洞北面的海会寺内，南宋嘉定年间（1208—1224）始建。

[12] 贯道溪：在白鹿洞东。溪水自凌云峰来，流经白鹿洞出峡为贯道溪。

[13] 钓台石、眠鹿场：在白鹿洞西、西南。

[14] 桁（héng）：本义为檩子，屋上托住椽子的横木，这里形容由松树、杉树形成的林带横在山脚。

[15] 辛巳：指这个月十四日。

[16] 三峡涧：涧谷名，在五老峰西南。含鄱口东西九十几条大小川流都注入三峡涧，水势湍急，如长江三峡，所以人们称为三峡涧。欢喜亭：在通往五老峰的欢喜岭上。

[17] 李氏山房：在五老峰下，又称白石庵，白石僧舍。李氏，指李常，字公择，建昌（治所在今江西南城）人。宋哲宗时累官至御史中丞。少时在庐山读书，及第后，将所抄书九千卷留在此地，起名李氏山房。

[18] 含鄱岭：在庐山半山腰，五老峰西南。岭南为含鄱口，山势险峻，其形状像要吞食鄱阳湖，故此得名。

[19] 太乙峰：在含鄱口西南，是庐山最著名的山峰之一。

[20] 迤（yǐ）北：斜北。彭泽：指彭泽故城，在今江西省湖口县彭泽乡。

[21] 湛湛然：波光水色明澈深远的样子。

[22] 湖壖（ruán）：湖边。

[23] 玉渊潭：在三峡涧下流。诸水合流，平地奔泻几十丈，然后下注深潭：接着又平地奔腾几百步，再下注深潭，这样连续共七八处，

是庐山三峡涧中最壮观的地方，也是庐山南侧奇景。

[24] 栖贤寺：庐山五大寺院之一，在五老峰下，玉渊潭西，因唐朝人李渤在此读书，因此称得名。

[25] 壬午：指这个月十五日。

[26] 万杉寺：庐山五大寺院之一，在五老峰西南的庆云峰下，旧名庆云院。北宋景德年间（1004—1007），寺僧大超种杉树万株，天圣年间（1023—1032）改名万杉寺。

[27] 三分池：在万杉寺后，又名散珠池。

[28] 秀峰寺：庐山五大寺院之一，在五老峰西南的鹤鸣峰下，南唐中主李璟曾在这里读书，建开先寺，清代康熙皇帝来此游览，改名秀峰寺。里所：一里左右。

[29] 瀑布：即瀑布泉，在秀峰寺西南。一水自坡顶下注双剑峰背后深谷中，汇为大龙潭，然后绕出双剑峰东，下注大壑，悬挂数十百丈，这就是瀑布泉，为秀峰寺周围奇观之一。李白有著名的“飞流直下三千尺，疑是银河落九天”的描写。

[30] 青玉峡：秀峰寺有二瀑布，其一在东北，叫马尾水，自鹤鸣、龟背两峰间泻出；其二在西南，即瀑布泉。瀑布泉循壑流到双剑峰东北和马尾水合流为一水，迸射出于山峡中，下注入于深潭，这就是青玉峡。

[31] 详睇（dì）：仔细看。香炉峰：在庐山西北秀峰寺后，因山峰形状圆耸有如香炉，常常烟雾缭绕，所以得名。

[32] 龙井：在青玉峡下。

[33] 太白读书堂：亦叫李太白书堂，或太白书室。在香炉峰下，青玉峡西。相传李白为避安史之乱曾在此读书。

[34] 癸未：指这个月十六日。

[35] 瞻云：即瞻云寺，旧名归宗寺，在五老峰西南金轮峰下，晋王羲之创建，后成为庐山五大寺院之一。

[36] 观右军墨池：在瞻云寺内，传说东晋书法家王羲之曾在这里洗砚习书。右军，王羲之因曾官至右将军，故后世称其王右军。

[37] 栗里：在庐山西南麓，黄龙山北麓的温泉北边，据记载东晋陶渊明常来此处游玩。卧醉石：在离栗里柴桑桥一里左右的地方，石高约三四尺，可坐数十人，据说当年陶渊明喝醉酒后，常常卧在石上。

[38] 简寂观：在金鸡峰下，旧名太虚观，南宋道士陆修静曾在这里隐居。陆修静死后谥简静，故此得名。

[39] 甲申：指这个月十七日。

[40] 排闼（tà）：推开门。

[41] 黄岩：在秀峰寺西北，双剑峰下。

[42] 文殊台：在秀峰寺西，黄岩南。

[43] 跐（cǐ）：踩，踏。

[44] 汉阳峰：在五老峰西，是庐山最高峰。据说站在汉阳峰峰顶能远望数百里，极目江汉，因此得名。相传汉武帝曾到达峰顶，所以又有“汉武峰”之称。

[45] 乙酉：指这个月十八日。

[46] 倍未雨时：意为瀑布水量比没有下雨时大了一倍。

[47] 神林浦：水口名。又名神林湖，在星子县东。

[48] 沉沉：深邃的样子。苍醼（yàn）：浓郁的深青色。

译文

庐山位于浔阳江和鄱阳湖交会的地方，环绕着它的三面都是水。凡是大山与水相近，而那水的气势恰又能和大山之势相匹敌，并在大山周围涌动激荡，那山水便很秀丽。而大江和湖泊的水，吞吐出入平稳宽阔，与海水不一样。所以靠近大海的高山大多显得雄壮沉郁，而庐山具有使人感到愉快安逸的景致。

嘉庆十八年三月十二日，我因有事横渡鄱阳湖，泊船在左蠡。十三日，泊船在星子县，于是便前往游览、观赏。这一天前往白鹿洞，远望五老峰，穿过小三峡，停驻在独对亭，打开门锁，在文会堂休息。那里有一株桃树，当时桃花正盛开；右边有一株芭蕉树，芭蕉叶才刚刚抽出叶片。月出以后，顺着贯道溪，经钓台石、眠鹿场，向右转，到达后山。那里成千上万株松树、杉树像屋顶上的横梁一样，横贯在五老峰的山脚处。

十四日，经三峡涧，登上欢喜亭。这时亭子已经废弃，道路很是艰险。寻访李氏山房的遗址，没能找到。登上含鄱岭，大风在岭背后呼啸着，沿着隧道吹来。大风停止后，攀爬上太乙峰。向东南遥望可以看到南昌城，斜北远眺可以看到彭泽县，都是隔着鄱阳湖，湖水清亮深远地闪着波光。过了一会儿，地面就像卷起的席子一样，渐渐地隐没了；再过了一会儿，暗影已经移到湖中心；再过一会儿，延伸到岸边，然后连山脚都看不清了。这才知道是云彩由远及近地遮蔽了天空。这时候四周的山峰都是云气翻涌的样子，而千万块的浮云成群结队地从山岭后涌起，互相奔驰、追逐地布满天空。看样子将要下雨了，于是就没到五老峰而改道下山。观看玉渊潭，在栖贤寺歇息。再回头眺望五老峰，只见夕阳透过云层的空隙照射下来，像是跟峰峦互相依靠着似的。回来之后，住宿在文会堂。

十五日，从万杉寺经过，在三分池饮茶。离秀峰寺还有一里左右的路程，就看到瀑布悬挂在半空之中。等到进了寺门，于是朝西面瞻望青玉峡，仔细地观望香炉峰，在龙井洗手。寻访李白的读书堂，都没能找到。返回之后，在秀峰寺内过夜。

十六日，前往瞻云峰，迂回绕过白鹤观。随即到了瞻云寺，观赏了王羲之的墨池。然后西行，寻访栗里陶渊明卧醉的石头，卧醉石比屋子还高大，临对着涧水。途中想去寻访简寂观，但没有前去。返回后，住宿在秀峰寺，遇到了一微头陀。

十七日，吴兰雪带着廖雪鹭和小和尚朗圆前来，大家大声喧笑着，推门直入。于是大家一起登上黄岩峰，侧着身踮着脚越过文殊台，俯身观赏瀑布飞流直下，阅尽那无尽的变化。随后敲开黄岩寺的寺门，踩着乱石去探寻瀑布的源头，迎着汉阳峰一直向上，直到走到没有路了才停下脚步。重新返回并宿于秀峰寺。吴兰雪前往瞻云峰，而一微头陀去九江。这天夜里下起了大雨。算来在山里已经游玩了五天了。

十八日，早晨起来看瀑布，水量比下雨之前大了一倍。出山五里左右的地方，到了神林浦，眺望瀑布更为清晰。山色深沉，一派浓郁的深青色，岩石山谷像是用刀削直了一般。不一会儿，香炉峰下一缕白云袅袅升起，于是成团的白云互相衔接着出现；又过一会儿，满山都见一团团的云朵；再过了一会儿，云朵全都融合为一体了。山的半腰都被云层遮蔽住了，而山顶和山脚仍然是一色浓重的深青色，这是我从来没有见到过的。云，是水的象征，是山中的灵气外泄的结果。所以我对于这次游览的经历，大体上都记述了下来，而唯独对于那些变幻奇巧、诡异的云进行了详细的描摹，因为足以悦人心性、散和情兴，以留给以后的感兴趣的人。

赏析

庐山，又名匡山，在长江南岸江西省九江市南，鄱阳湖的西北。庐山三面环水，只有西面与陆地相连，群山蜿蜒起伏，上面古迹名胜极多。作者于嘉庆十八年任南昌府吴城同知，在公暇之余，作者用六天时间游览了庐山南面的景物，并写下了这篇游记。全文以游踪为线索，但在依次描写时，却有所侧重，正如作者自己所说的："于是游所历，皆类记之，而于云，独记其诡变足以娱性逸情如是。"因此全文除去对云朵的出没予以详记之外，其他皆略写。对于云的描写，文中前后共有两次，一次是游太乙峰时，远望南昌、彭泽，忽然"地如卷席"，由远及近，片刻时间湖光山色都隐没在弥漫的云朵中。另一次是作者离开庐山之后，回视香炉峰，"白云一缕起""团团相衔出"。白云横在山的半腰，把庐山截为两段。这绮丽的景色为作者"生平所未睹"。这些描写都可谓生动。对于其他的描写，作者大都比较简括，但是作者却善于用精练的笔墨刻画细小的景物，如文会堂前"有桃一株，方花；右芭蕉一株，叶方茁"，写含鄱岭突然刮起大风，"大风啸于岭背，由隧来"；写秀峰寺瀑布，"未抵秀峰寺里所，即见瀑布在天中"。这些描写，都极为传神，引人注目。本文在立意谋篇、安排布局上可谓章法独到，既概括介绍全貌，又能具体突出奇胜之景；作者文笔洗练生动，善于描写景物特征，表现出极为深厚的笔底功夫。

登州[1]观海记

焦循

作者简介

焦循（1763—1820），清哲学家、数学家、戏曲理论家。字理堂，一字里堂。甘泉（今江苏扬州）人。嘉庆六年（1801）中举人，以母病不赴礼部试。构一楼名“雕菰楼”，每日读书著述其中，足不入城市十余年。博闻强记，于经史、历算、声韵、训诂之学都有研究。焦循酷喜抄书，被誉为“抄书一痴”，据说当大水淹到他家门口时，他还在南窗下从容不迫地抄录《中论》。著有《里堂学算记》《易章句》《易通释》《孟子正义》《剧说》等。

乾隆六十年[2]四月初一日，同仪征江安、甘泉阮鸿游登州蓬莱阁，望海[3]。是行也，出登州城北门，入备倭城[4]南门，约里许，至蓬莱阁。阁在岛上，岛高十丈。半山有天后宫。宫门内有六石，两两相比，高丈许，紫色，圆耸，今名曰三台石。由右角门出，北行，上数十级，遂临海。其左为避风亭，亭后为苏公祠[5]，近改为官厨，苏公像须披面尘，殊不堪。由右历二十余级，登阁上。阁南北两面空敞。南望莱阳大山[6]，一塔高入云表，众峦环拱，州城雄踞其下，万灶[7]稠叠；北则海在足下，苍茫无际，云帆出没，小如黑豆。是时，日色在东，阴雾幂罯[8]，长山岛[9]可望见，他岛皆隐雾中。阁距海二三十丈，其下有弹石涡[10]，涡中尽小石，圆润可玩，东坡取以伴蒲草者也[11]。其白者颇可混玉，但离水则不泽耳。岛根遒锐[12]错落，海燕千百，呢喃其间，波纹平秀，不似江河之险。道士云："其浪广数里，非人目所能尽，故不见其状。"余尝过泰山，自其麓仰之，高直与岨崃[13]诸山等，盖由济南以来，皆泰山之身，至泰安见其卒耳。呜呼！泰山不见其高，斯为至高；东海不见其波，斯为巨波；圣人不见其德，斯为大德。以波涛洪洞言海者，不知海者也。

已而，复登北门城楼。是时，天光清明，海波如鉴。长山岛之西，见庙岛；其东见大竹岛、小竹岛、纱帽岛、鼍矶岛[14]，岛根有白云载之，岛在半空，天与海接。城上有刍者，问以海市[15]。刍者曰："四五月，天微明，东北风起，则见于岛上，或如城，如楼，如山林，如村落，如塔。有小市，有大市，变幻不常，无定日，唯居阁畔者可见之。"一老卒云："阁上望岛有市，岛上人望阁亦有市，盖虚气也。"或以不见海市为恨。余曰："乌知岛上人此时不见阁上有市耶？则我辈身在市中而不觉，何有于他人岛上市也？"同人皆大笑而返。

注释

[1] 登州：即登州府，地处山东半岛。唐初曾在文登置登州，不久废除。唐神龙三年（707），登州移治所到蓬莱，蓬莱升县，明清时为登州

府，治所仍在蓬莱。

[2] 乾隆六十年：即 1795 年。

[3] 仪征：即江苏省仪征县。甘泉：即甘泉县，后并入江都（江苏省杨州市）。蓬莱阁：在今天山东省蓬莱市城北丹崖山顶。殿阁凌空，下临大海，自古为游览胜地。

[4] 备倭城：原名水城，在蓬莱县城北面约二里的地方。明洪武年间修建，后来因为防御倭寇，在这里驻军，于是改名备倭城。

[5] 苏公祠：北宋文学家苏轼曾任登州知府，当地为纪念他而修建的祠堂。

[6] 莱阳大山：此指蓬莱市城东南二十里的莱山，又名莱阴山。

[7] 万灶：万家。

[8] 幂房：弥漫笼罩的样子。

[9] 长山岛：今长岛县，在蓬莱北 30 里渤海中，东西长 40 余里。

[10] 弹石涡：又名珠矶岩，在蓬莱阁西北山崖之下。因长期被水击撞，崖下的碎石被磨擦得圆滑细腻，像弹丸一样，所以叫“弹石涡”。

[11] 东坡取以伴蒲草者也：苏轼在任登州知府时，曾取弹石涡的石子，放在石菖蒲的根边，以点缀景色。

[12] 遒锐：指伸出岛外的岩石。

[13] 岨崃：岨崃山，在泰山东南。

[14] 大竹岛：在长山岛东五十里。小竹岛：在大竹岛西北十进而。纱帽岛：即沙门岛，因外形似纱帽故又称纱帽岛。鼍矶岛：在长山岛北。

[15] 海市：即海市蜃楼，在蓬莱阁上常可看到，阁西有海市亭，为专门观赏海市的地方。

译文

乾隆六十年四月初一，我同江苏仪征的江安、江苏甘泉的阮鸿游览登州的蓬莱阁，远眺大海。这次旅游，从登州城的北门出发，进入备倭城南门，大约再走一里左右，就到了蓬莱阁。蓬莱阁在一座岛上，岛高十丈，半山腰有座天后宫。宫门内有六块石头，两两相对，高一丈左右，紫色、圆形，高高地耸立着，现在人们给它取名叫“三台石”。从右角门出去后向北走，向上登数十级台阶后，就面对着大海了。它的左面是避风亭，亭后是苏公祠，近来改成了官署的厨房。苏公塑像的须发上已经落满灰尘，狼狈不堪。从右边经过二十余级台阶，最后登上蓬莱阁。蓬莱阁的南北两面都很空旷宽敞，向南可以望见莱阳大山，一座砖塔高入云端，连绵起伏的群山环绕在登州城四周，登州城雄踞在山脚下，城内人烟稠密。向北，大海就在蓬莱阁的脚下，苍茫无际，远处海中船帆出没，小得如同黑豆。这时大阳在东面，阴云密布，雾气弥漫，只有长山岛能够望见，其他岛屿已经全都隐没在雾气之中。蓬莱阁距离大海只有二三十丈，它的下面有个弹石涡，涡中全是小石子，圆润可爱，苏东坡曾经拿来装点在蒲草的旁边。其中的白石子颇能和玉石混淆，但是离开水就没有光泽了。海岛靠近水面的地方岩石尖锐错落，千百只海燕呢喃着飞翔，海面之上波平浪静，不像江河那样浪涛汹涌。道士说：“海浪宽广有数里之遥，不是人的眼力所能看到的，所以看不见它汹涌的样子。”我曾经到过泰山，在山脚下仰望山顶，高低和岨崃各山差不多，大概因为从济南一路而来，都是泰山的余脉，一直到了泰安才见终断。唉！看不见泰山的高大，那才是真正的高大。看不见东海的波浪，那才是巨浪。看不见圣人的德行，那才是大德。用江河的波涛汹涌来谈论大海，是不知道大海啊！

观赏完海景之后，重新登上登州城北门的城楼。这一天，天气清朗，海波平静得好似一面镜子。长山岛西面能看到庙岛，向东可以看到大竹岛、小竹岛、纱帽岛、鼍矶岛。海岛上白云缭绕，海岛好像是悬在半空中一般，天与海连接在一起。城楼上有个割草的人，我问他海市蜃楼的情形，割草人说："一般会在四五月间，天气微明，刮起东北风时，才能在海岛的上空看到，有的像城市，有的像高楼，有的像山林，有的像村落，有的像塔，有的像小市，有的像大市，变化无常，也没有定期，只有居住在蓬莱阁边的人才可以见到。"一个老兵卒说："站在蓬莱阁上望海岛，能看到岛上有海市；岛上人看蓬莱阁，蓬莱阁上也有海市。大概都是一种虚气罢了。有人却因为看不见海市而有些遗憾。"我听了之后说："怎么知道，海岛上的人此时没有看到蓬莱阁上有海市呢？而我们这些人身在海市中却没有知觉，何必在意他人岛上有没有海市呢？"同游的人都大笑而归。

赏析

本文记叙了作者携友人登蓬莱阁观海的情景。文章前半部分依游踪记叙，后半部则以蓬莱阁为视点以方位记叙，这在一篇游记中，这种记叙的方式却并不多见。文章开头记述此次游览蓬莱阁所经的路途，"出登州城北门，入备倭城南门，约里许，至蓬莱阁。"到蓬莱阁后是天后宫，宫门内有六石，今名三台石。然后由右角门出北行，上数十级，其左为避风亭，亭后为苏公祠，然后从右边再登二十级台阶，即登临阁上。登上蓬莱阁后，向南远望群山，作者只是一笔带过，而北眺沧海则进行了详细的描写，“苍茫无际，云帆出没”，“阴雾羃房，长山岛可望见”，随后视角拉近，“其下有弹石涡，涡中尽小石……岛根遒锐错落，海燕千百……波纹平秀……”之后，作者又登上北门的城楼，视线所及“天光清明，海波如鉴”。远处可见长山岛等诸岛，作者问及这里的海市蜃景，对方说：“四五月，天微明，东北风起，则见于岛上，或如城，如楼，如山林，如村落，如塔。有小市，有大市，变幻不常，无定日，唯居阁畔者可见之。”这段形容，巧妙地以问答的形式概述了海市的形貌，而最后一句，则以谈及海市形成的原因为线索，引出作者的一番极富哲思的问答：“乌知岛上人此时不见阁上有市耶？则我辈身在市中而不觉，何有于他人岛上市也！”人观幻景岂不知自己亦是幻景的一部分，这看似解嘲的一句话，顿时让文章的韵味陡升。

宝山记游

管同

作者简介

管同（1780—1831），字异之，号育斋。江宁上元（今南京）人，清代散文家。道光五年（1825）中举，入安徽巡抚邓廷桢幕，一生未入仕途。管同与同乡梅曾亮都是姚鼐高足弟子，所为文章，则特贵宏毅，偏重阳刚之美，著有《因寄轩文集》。

宝山[1]县城临大海，潮汐万态，称为奇观。而予初至县时，顾未尝一出。独夜卧人静，风涛汹汹，直逼枕簟[2]，鱼龙舞啸，其形声时入梦寐间，意洒然[3]快也。

夏四月，荆溪周保绪，自吴中来[4]。保绪故好奇，与予善。是月既望，遂相携观月于海塘[5]。海涛山崩，月影银碎，寥阔清寒，相对疑非人世境，予大乐之。不数日，又相携观日出。至则昏暗，咫尺不辨；第闻涛声，若风雷之骤至。须臾天明，日乃出。然不遽出也，一线之光，低昂隐见，久之而后升。《楚辞》曰：“长太息兮将上”[6]。不至此，乌知其体物之工哉[7]？及其大上，则斑驳激射，大抵与月同；而其光侵眸[8]，可略观而不可注视焉。

后月五日，保绪复置酒吴淞台上。午晴风休，远波若镜。南望大洋，若有落叶十数，浮泛波间者，不食顷已皆抵台下，视之，皆莫大舟也。苏子瞻记登州之境[9]，今乃信之。于是保绪为予言京都及海内事，相对慷慨悲歌，至日暮乃反。

宝山者，嘉定分县[10]，其对岸县曰崇明[11]，水之出乎两县间者，实大海之支流，非即大海也。然对岸东西八十里，其所见已极为奇观。由是而迤南，乡所见落叶浮泛处，乃为大海。而海与天连，不可复辨矣。

注释

[1] 宝山：即宝山县，在长江口南岸，现属上海市。

[2] 枕簟（diàn）：枕头，竹席。

[3] 洒然：无拘无束、洒脱自在的样子。

[4] 荆溪：即荆溪县，属今江苏省宜兴市。吴中：苏州。

[5] 海塘：为阻挡海潮而修筑的堤岸。

[6] 长太息兮将上：语出《楚辞·九歌·东君》："长大息兮将上，心低徊兮顾怀。"王逸注："言日将去扶桑，上而升天，则徘徊太息，顾念其居也。"此句意为，当太阳将要升上天空之时，由于眷恋故居而徘徊叹息。

[7] 乌知：怎知。体物之工：表现事物的工巧，精确。

[8] 侵眸：刺眼。

[9] 苏子瞻：即苏轼。记登州之境：指苏轼《北海十二石记》一文

中所记载的登蓬莱阁观渤海的情形。

[10] 嘉定分县：嘉定分出的县。宝山原属嘉定县，清代分出为宝山县。

[11] 崇明：县名，即长江口祟明岛，现属上海市。

译文

宝山县城临近大海，每日的潮汐变化千姿百态，可称得上是奇观。而我初到宝山县城时，却未曾出过一次门，独自在夜深人静时躺在床上，听风涛之声汹涌澎湃，直逼近枕席边，如鱼龙般舞动长啸，那形象声音时常进入梦中，实在是令人心情快意。

入夏后的四月，荆溪的周保绪从吴中赶来。周保绪生性爱好猎奇，与我最为友善。这个月的十六日，我们相约一起到海塘上观赏月色。上了堤岸之后，海涛之声有如山崩地裂一般，月亮的影子在海上如碎落的白银，天地一片清寒辽阔，面对这月夜景色，让人怀疑是否是人世间，我心中感到十分愉快。没过几天，我们又相约来此观日出。刚到时天地还是一片昏暗，近在咫尺都不能相认，突然听到海涛声好像风雷一般滚滚而至。不一会儿工夫天亮了，太阳出来了，然而又不是一下子就出来的，而是先见一线天光，忽高忽低，时隐时现，过了很久才升了起来。《楚辞》上说：“当太阳将要升上天空之时，由于眷恋故居而徘徊叹息不忍升起。”不是亲身来到这里，怎么会知道诗人所描写的这些景物，工巧准确呢？等到太阳升得很高时，则光芒激射而出，眼中一片斑驳的光彩，大抵和月亮一般大小。而太阳光太过刺眼，只能略微看一眼而不能久视。

下个月的五日，周保绪又在吴淞台上摆酒。这时正午时分天气晴朗，风也停了，远处波平浪静，好似一面镜子。向南眺望汪洋大海，好像有十多片落叶沉浮在海面上。不一会儿工夫，却已经抵达吴淞台下了，仔细一看全都是大船。苏轼当年记录登州的景象，我现在终于相信了。于是保绪和我说起京城以及其他地方的一些事，二人相对着情绪激昂地放歌，以抒发悲壮的胸怀，一直到太阳落山这才返回。

宝山县，原是嘉定县划分出来的，它对岸的县是崇明县，流经两县之间的那片水，实际上是大海的支流，而并不是真正的大海。然而两岸之间，东西距离大约八十里的地方，所见的景象已经是极为壮观的了。由此再向南，之前所见如落叶漂浮的地方，就是真正的大海了。而海与天相连，水天就很难分辨了。

赏析

本文以临海的宝山县城为背景，写月光下的海涛、海上的日出、风平浪静时的大海，全文章法清晰、结构简单，但处处都能抓住景物的特征，以形象逼真的描绘雕琢景物。首段先用“潮汐万态，称为奇观”概括大海雄浑的气势，接着写涛声和梦中景象：夜深独卧，涛声侵窗入户，直逼耳边；梦中鱼龙舞啸，形象与声音俱现，可谓是奇幻浪漫。随后，写月下的大海“海涛山崩，月影银碎，寥阔清寒”。描写简练而生动，令人心旷神怡。三段写日出时的大海。太阳始出，一道光线打破黎明的昏暗，或高或低，或隐或现。当跃出海面的一瞬，则光彩斑驳，喷涌四射，显出大海气象万千、吞吐宇宙的气概。最后一段，远眺大海极目处见数十落叶，漂浮于波涛间，一会儿来到眼前，竟都是大船。以此衬托大海的辽阔。作者分别从四个角度对大海进行了描绘，但作者却说，这只不过是“大海的支流”而已，在那水天相接的远方，还有比文中更加雄浑壮美的图画，令人回味深长。

游小盘谷记

梅曾亮

作者简介

梅曾亮（1786—1856），字伯言。江苏上元（今南京）人，清代散文家。道光二年（1822）进士，以知县衔分派贵州，因父母年老，未去赴任，于次年告病缴照。此后数年，曾入安徽巡抚邓廷桢与江苏巡抚陶澍之幕，然都历时不久。道光十二年（1832），梅曾亮再次入京。道光十四年授户部郎中官，直到道光二十九年去官回乡，在京师度过了近二十年的官宦生涯。回乡后，主讲于扬州梅花书院。咸丰三年（1853），梅曾亮辗转避太平军战乱于王墅村，咸丰六年（1856）卒于清江，年七十一岁。著有《柏枧山房文集》《诗集》《文续集》《诗续集》《骈体文》等，另编有《古文词略》二十四卷。

江宁府城[1]，其西北包卢龙山[2]而止。余尝求小盘谷，至其地，土人或曰无有。唯大竹蔽天，多歧路，曲折广狭如一，探之不可穷。闻犬声，乃急赴之，卒不见人。

熟五斗米顷[3]，行抵寺，曰归云堂。土田宽舒，居民以桂为业。

寺傍有草径甚微，南出之，乃坠大谷。四山皆大桂树，随山陂陀。其状若仰大盂，空响内贮[4]，謦欬不得他逸[5]；寂寥无声，而耳听常满。渊水积焉，尽山麓而止。

由寺北行，至卢龙山，其中阬谷洼隆[6]，若井灶龈腭[7]之状。或曰："遗老所避兵者[8]，三十六茅庵，七十二团瓢[9]，皆当其地。"

日且暮，乃登山循城而归。暝色下积，月光布其上，俯视万影摩荡，若鱼龙起伏波浪中。诸人皆曰："此万竹蔽天处也。所谓小盘谷，殆近之矣。"

同游者：侯振廷舅氏[10]、管君异之[11]、马君湘帆、欧生岳庵、弟念勤，凡六人。

注释

[1] 江宁府城：清代设置，管辖江宁、上元、句容、溧水、高淳、六合七个县，府治在江宁（今江苏省南京市）。

[2] 卢龙山：一名狮子山，在南京西北约二十里。明太祖朱元璋曾败陈友谅于此。

[3] 熟五斗米顷：约莫能够煮熟五斗米的时间。顷，不久，短时间。

[4] 空响内贮：空谷中的声音聚集在里面。

[5] 謦欬：咳嗽。逸：跑掉，散失。

[6] 阬谷洼隆：山势高低起伏。阬，大土山。

[7] 井灶龈腭：形容山势洼的地方像深井，高的地方像炉灶，高低参差不平。龈腭，齿根的肉叫龈，口腔的上壁叫腭，形容高低不平

之状。

[8] 遗老所避兵者：清兵南下时，明朝遗民逃往深山避兵之处。

[9] 团瓢：圆形草屋。

[10] 舅氏：舅舅。

[11] 管君异之：管异之，上元人，姚鼐的弟子，善写古文，与梅曾亮齐名。

译文

江宁府城，它的西北一直延伸到被卢龙山包围而止。我曾经寻访过小盘谷，到了那里，当地人却说没有这地方，只有高大的竹林遮天蔽日，岔路很多，曲折宽窄却都差不多，顺路探求也看不到尽头。忽听得犬吠声，急忙赶过去，终不见人。

约莫走了可以煮熟五斗米的时间，到一寺庙，名叫归云堂。这里的土地田园很是宽广，居民大多以种植桂树为业。寺庙的旁边有一条细细的草径，向南一直伸展，直到垂入大谷之中。四周山上都是粗大的桂树，随着倾斜不平的山势生长着，形状好似一口仰面冲天的大钵，空谷中的声音聚集在里面，即使是咳嗽之声也不能从里面泄散出去，在寂寥无声中，耳边却常常听到嗡嗡嗡的声音。深潭中的积水，一直汇聚到山脚才止。

从寺院北行，走到卢龙山，山势高低起伏，其中山势洼的地方像是深井，高的地方像是炉灶，高下参差不平。有人说："这是明代遗老躲避兵火之地，所谓三十六茅庵、七十二团瓢指的就是这里。"

日落时分，便登山循城而归。这时暮色下沉，月光遍布其上，从山上低头看去，只见万影荡漾，好像鱼龙起伏于波浪中。同行的人都说："这是万竹蔽天的地方呀！所谓小盘谷，大概就在这附近了吧。"

同游的人，有舅父侯振廷、朋友管异之、马湘帆、学生欧岳庵、弟弟念勤，连我一共六人。

赏析

这篇游记叙述了作者探寻小盘谷的经过，文章短小精悍，写景叙事极其简练，但语言优美，富于诗意，显示出作者敏锐的观察力和独特的表现技巧。文章以游踪为线索，但在开篇却设置了一处疑笔，"余尝求小盘谷，至其地，土人或曰无有。"随后依作者踪迹所至，山、水、树、竹，名胜古迹，尽收笔底，但这探寻过程中，却始终没有明写小盘谷，一直到文章最后，才以推测的语气说："此万竹蔽天处也。所谓小盘谷，殆近之矣。"这竟越发给人留下无限的想象，使文章显得似尽未尽，言短意深。总体来说，这是一篇用笔简洁、意象鲜明、颇具特色的记游文章。

钵山余霞阁[1]记

梅曾亮

江宁城，山得其半，便于人而适于野者，惟西城钵山，吾友陶子静偕群弟读书所也。因山之高下为屋，而阁于其岭，曰“余霞”，因所见而名之也。

俯视，花木皆环拱升降；草径曲折可念[2]；行人若飞鸟度柯叶[3]上。西面城，淮水[4]萦之。江自西而东，青黄分明，界画天地。又若大圆镜，平置林表，莫愁湖[5]也。其东南万屋沉沉，炊烟如人立，各有所企，微风绕之，左引右挹，绵绵缗缗[6]，上浮市声，近寂而远闻。

甲戌[7]春，子静觞[8]同人于其上，众景毕观，高言愈张。子静曰：“文章之事，如山出云，江河之下水，非凿石而引之，决版[9]而导之者也。故善为文者有所待。”曾亮曰：“文在天地，如云物烟景焉；一俯仰之间，而遁乎万里之外。故善为文者，无失其机。”管君[10]异之曰：“陶子之论高矣。后说者，如斯阁亦有当[11]焉。”遂书为之记。

注释

[1] 钵山：在南京城西，因山势如同钵而得名。余霞阁：在钵山的山岭上。

[2] 可念：可数得清楚。

[3] 度柯叶：飞过枝叶间。柯，树枝。

[4] 淮水：即秦淮河。

[5] 莫愁湖：在南京城水西门外，余霞阁的西南。清代嘉庆、道光年间有“金陵第一名湖”之称。

[6] 缗缗：连绵不断的样子。

[7] 甲戌：清嘉庆十九年，即 1814 年。

[8] 觞：宴请。

[9] 决版：决堤。版，即版筑，用两板相夹，装满泥土，用杵舂实。

[10] 管君：即管同，字异之。

[11] 当：相符。

译文

江宁城，光是山就占去了一半。便于人们游玩而又有野外之趣的，只有西城的钵山了，这也是我的好友陶子静和他的众兄弟读书的地方。他们随着山势的高低建造房屋，在山顶上建了一座楼阁，叫作“余霞”，是依照眼中见到的景物而命名的。

从余霞阁向下俯视，花草树木都随山势高低环绕而生。满是野草的弯曲小路，屈指可数。行人好像飞鸟在树的枝叶上掠过一般。城西面的秦淮河回旋环绕着。长江由西向东流淌而去，江水青黄分明，就像一条线一样将天地划分开来。那在树木外面的好似一面大圆镜的景物，就是莫愁湖。湖的东南方向有千万间密密麻麻的房屋，屋顶袅袅升起的炊烟仿佛人一样站立，各自在张望顾盼，微风吹来，好像左牵右拉着它，连绵不断地向上飘去。山上回荡着市井中的喧闹声，近处的听不到，而远处的隐隐约约可以听到。

甲戌年的春天，陶子静在余霞阁宴请各位朋友，所有的景致都展现在眼前，大家放言高谈，越发无拘无束。陶子静说："文章这种事，好像山上的云自然而然地升起，又像江河中奔淌的流水，非得凿石开山加以引导，决开河堤加以疏通不可。所以会做文章的人，一定要有所等待。"我说："文章在天地间，就好比云烟景物一般，俯身抬头的功夫已跑到万里以外了。所以善于做文章的人，一定不要失掉时机。"管同听了说："陶君的言论高明极了。后面梅君所讲的这番话，对余霞阁来说，两者倒是相当的。"于是我就写了这篇记。

赏析

在古代散文写作中，写景状物大都会夹叙夹议的创作写法似乎在体例上并不新奇，但新奇的是这篇散文借描画景物来托喻文学创作的感受、见解，这是较为新颖的一种创作构思。本文的前半部写登阁俯瞰景物，全文紧紧抓住最能体现景物神韵的特点，捕捉居高临下时景物给人最美的感受，以形写神，寥寥几笔，就将景物栩栩如生地展现出来，显示了作者非凡的创作功力；后半部分由在阁上览景、命名之妙得，悟出写文章的奥妙，虽是论说，但使用了对话的形式，不仅见解精当，而且能将深刻的创作道理托诸山水自然的变化之中，读来颇能启迪心智。清人评价梅曾亮的文学成就时说：“行文洗练，章句明饬，综各家所长，兼诸体之美。”从本文中我们可略见一斑。

己亥六月重过扬州[1]记

龚自珍

作者简介

龚自珍（1792—1841），一名巩祚，字璱人，号定盦，浙江仁和（今杭州）人，清末思想家、文学家。道光九年（1829），中进士。累任内阁中书、宗人府主事和礼部主事等官职。龚自珍主张革除弊政，抵制外国侵略，曾全力支持林则徐禁除鸦片。道光十九年（1839），由于屡屡揭露时弊，遭到权贵的排挤和打击，他又忤逆长官，于是辞官南归。九月又自杭州北上接还眷属。两次往返途中，百感交集写下了著名的《己亥杂诗》315首。道光二十一年（1841），龚自珍执教于江苏丹阳云阳书院。九月，突患急病暴卒于丹阳。龚自珍所作诗文，极力提倡“更法”“改图”，深刻揭露清王朝统治的腐朽，反映社会阶级矛盾的日益尖锐，洋溢着爱国热情。散文奥博纵横，自成一家，诗歌尤其瑰丽奇肆，有“龚派”之称。著有《定盦文集》，留存文章300余篇，诗词近800首，今人辑为《龚自珍全集》。

居礼曹[2]，客有过者曰：“卿知今日之扬州乎？读鲍照《芜城赋》[3]，则遇之矣。”余悲其言。

明年，乞假南游，抵扬州，属有告籴[4]谋，舍舟而馆。既宿，循馆之东墙，步游得小桥，俯溪，溪声讙[5]。过桥，遇女墙啮可登者[6]，登之，扬州三十里，首尾屈折高下见。晓雨沐屋，瓦鳞鳞然，无零甃断甓[7]，心已疑礼曹过客言不实矣。

入市，求熟肉，市声讙。得肉，馆人以酒一瓶、虾一筐馈。醉而歌，歌宋元长短言乐府[8]，俯窗呜呜，惊对岸女夜起，乃止。客有请吊蜀岗者[9]，舟甚捷，帘幕皆文绣，疑舟窗蠡觳[10]也，审视，玻璃五色具。舟人时时指两岸曰："某园故址也"，"某家酒肆故址也"，约八九处。其实独倚虹园[11]圮无存。曩所信宿[12]之西园，门在，题榜在，尚可识，其可登临者尚八九处，阜[13]有桂，水有芙渠菱芡[14]，是居扬州城外西北隅，最高秀。南览江，北览淮，江淮数十州县治，无如此冶华[15]也。忆京师言，知有极不然者[16]。

归馆，郡之士皆知余至，则大讙，有以经义请质难者，有发史事见问者，有就询京师近事者，有呈所业若文、若诗、若笔[17]、若长短言、若杂著、若丛书乞为序、为题辞者，有状其先世事行乞为铭者，有求书册子、书扇者，填委[18]塞户牖，居然嘉庆中故态。谁得曰今非承平时耶？惟窗外船过，夜无笙琶声，即有之，声不能彻旦[19]。然而女子有以栀子华发为贽[20]求书者，爰以书画环瑱互通问[21]，凡三人，凄馨哀艳之气，缭绕于桥亭舰舫间，虽澹定，是夕魂摇摇不自持。余既信信，拿流风，捕馀韵，乌睹所谓风嗥雨啸、鼯狖悲、鬼神泣者[22]？

嘉庆末尝于此和友人宋翔凤侧艳诗[23]，闻宋君病，存亡弗可知。又问其所谓赋诗者[24]，不可见，引为恨。卧而思之，余齿[25]垂五十矣，今昔之慨，自然之运，古之美人名士富贵寿考者几人哉？此岂关扬州之盛衰，而独置感慨于江介也哉？抑予赋侧艳则老矣，甄综人物[26]，搜辑文献，仍以自任，固未老也。

天地有四时，莫病于酷暑，而莫善于初秋；澄汰其繁缛淫蒸[27]，而与之为萧疏澹荡，泠然瑟然[28]，而不遽使人有苍莽寥泬[29]之悲者，初秋也。令扬州，其初秋也欤？予之身世，虽乞籴，自信不遽死，其尚犹丁[30]初秋也欤？作《己亥六月重过扬州记》。

赏析 ——————

[1] 己亥六月重过扬州：清道光十九年（1839），作者在嘉庆末年曾经路过扬州一次，所以这次说是重过。扬州，今天的江苏省扬州市。

[2] 礼曹：即礼部，清朝六部之一，主管国家典章制度、祭祀、学校、科举等。当时作者任礼部主客司主事兼祠祭司行走。

[3] 鲍照：南朝宋文学家，字明远，东海（今江苏连云港市东）人。曾任临海王前军参军等职。长于乐府诗、赋及骈文。《芜城赋》：写广陵故城（即扬州）昔日的盛况及后来因两次遭受兵祸而致衰颓的景象。

[4] 属：恰巧。告籴：乞求买粮。

[5] 讙（huān）：同“欢”，喧响，此指溪水声。

[6] 女墙：城墙上面呈凹凸形的小墙。啮（niè）：本义为“咬”，此处引申为坏、缺。

[7] 零甃断甓（pì）：这里为残垣断壁的意思。甃，井壁，这里泛指

墙壁。甓，砖。

[8] 宋元长短言乐府：宋元以来的词、曲，因为可以入乐演唱，故称乐府。

[9] 吊：凭吊。蜀岗：即蜀岗山，在今江苏扬州市西北四里，为扬州古城遗址，上有蜀井，据说可以通蜀。

[10] 蠡（luó）瑴（què）：螺壳。

[11] 倚虹园：因靠近横跨瘦西湖的大虹桥而得称。大虹桥是乾隆年间（1736—1796）改建的石拱桥。

[12] 曩（nǎng）：以往，从前。信宿：连住两夜。

[13] 阜：土丘。

[14] 芙渠：即荷花。菱：菱角。芡（qiàn）：一年生水草，茎叶有刺，亦称“鸡头”。

[15] 冶华：繁华。

[16] 极不然者：极不正确的地方。

[17] 笔：一般指散文。与“文”相对，“文”指骈文。

[18] 填委：纷集，堆积。

[19] 彻旦：通宵达旦。

[20] 贽（zhì）：初次见面所执的礼物。

[21] 环：戴在臂上的玉环。瑱（tiàn）：以玉充耳，一种首饰。通问：通音讯。

[22] “余既信信……鬼神泣者”句：我已连宿四夜，何处可捕捉到昔日繁盛时的流风余韵，哪里能见到《芜城赋》所描述的那种飘摇悲凄景象。信信，一信再信，连宿四夜。鼯（wú），一种形似松鼠的动物，腹旁有飞膜，能滑翔。狖（yòu），这里同“貁”，一种似

狸的野兽。“风嗥”句，概述鲍照《芜城赋》“坛罗虺（毒蛇）蜮（短狐），阶斗麏（獐子）鼯，木魅山鬼，野鼠城狐，风嗥雨啸，昏见晨趋”语。

[23] 嘉庆末：嘉庆二十五年（1820）。宋翔凤：字虞庭，一字于庭，江苏长洲（今苏州市）人。官湖南新宁县知县，常州学派的著名学者。作者于嘉庆二十四年（1819）在京师与宋翔凤相识。侧艳：文辞艳丽而流于轻佻。

[24] 所谓赋诗者：指当年与宋氏及作者和诗之妓。

[25] 齿：年龄。

[26] 甄综：考察搜罗。

[27] 繁缛：指景象繁杂。淫蒸：过分闷热的蒸腾之气。

[28] 泠（líng）然瑟然：形容清凉。

[29] 寥泬（xuè）：旷荡，空虚。

[30] 丁：正当。

译文

在礼部期间，有客人来访对我说：“你知道如今的扬州是什么样吗？读鲍照的《芜城赋》就知道了，就是文章中所描写的那样。”我听了他的话，感到很悲伤。

第二年，我请假到南方游玩。到达扬州时，恰巧手下人说粮食不够，需要买粮，于是离开船上了岸，找到旅馆住下。住下之后，我沿着旅馆的东墙信步闲游，到了一座小桥，俯身看桥下溪水，溪水欢畅流淌。过了桥之后，看到一堵城墙有些地方已经坍塌，于是便登上城墙。登上城墙之后，三十里的扬州城，从这头到那头，无论曲折还是高下全都一览无余。早晨的小雨将房屋沐浴一新，屋瓦好像鱼鳞一般齐整地铺展，没有残缺破漏的地方，我的内心已经开始怀疑那位访客的话是否真实了。

到了街市上后，想买一些熟肉，街市上各种声音嘈杂。买到肉之后，旅馆的人送了我一瓶酒，一筐虾。喝醉之后，大家便唱起了宋元时代的词曲，对着窗户呜呜乱嚷乱叫，直到把对岸的女子都吓得起来了，这才停止。客人中有人提议去蜀冈上凭吊的，大家起身上船，船很轻快，船上的帘子帷幕都绣着花纹，让人疑心船窗是否用螺壳镶嵌的，细细地看了，才发现原来装的全都是五色玻璃。船上的人不时地指着两岸说，“这是某家园子的故址”“这是某家酒馆的故址”，大概指了八九处。其中只有倚虹园倾毁没有了。之前连住两晚的西园，门还在，题榜也还在，还可以辨识出来。其中可以登临的地方还有八九处。土丘上有桂树，水中有荷花、菱角、鸡头等。这里在扬州城外的西北角，是地势最高，风景最优美的地方。登高向南眺望可以看到长江，往北可以一览淮河。长江、淮河之间数十州县的治所，都没有这里繁华。回忆起京师访客的话，感觉他说的很不准确。

回到旅馆后，郡中的士人都知道我来了，于是大家欢聚在一起。有的人以经义质疑问难于我，有的人提出历史事件向我发问，有人询问京城最近发生的事情，有人呈上他所撰写的文章，比如骈文、诗歌、散文、词曲、杂著，也有人拿出他所著述的丛书请求我为其写序或者题词的，也有人描绘他的先人的行迹，请求我撰写铭文的，还有人请求我为他们书册题名、题扇，人多得屋里都站不下了，居然有嘉庆年间的旧模样。谁能说现在不是承启先世的太平年代呢？只是窗外的船经过时，深夜之中听不到吹笙、琵琶的乐声，即使有，乐声也不是通宵达旦。然而有年老色衰的妓女，用栀子花和花白的头发作为贽礼来求我的字，于是我便以书画和佩玉相互赠送，她们一共有三人，身上带着凄凉温馨而又哀婉艳丽的气质，这股迷人的气息在桥亭、舰舫之间缭绕，我虽然很淡定，但是那晚内心也有些蠢蠢欲动，难以自持。我已经住了四晚，顺应时下流行的风气，追逐从前文人传袭下来的风流韵事，哪里看得到《芜城赋》里所描写的"风在呼号，雨在咆哮，鼯鼠猿猴悲鸣，鬼怪神仙哭泣"的破败景象呢？

嘉庆末年，我曾经在这里和友人宋翔凤作艳诗。后来听说他病了，只是现在他是生是死就不知道了。又问起当年一起赋诗的人，也找不到他在哪里，于是引为憾事。躺在床上回想，我的年纪快到五十了，想起今天和过去的感慨，自然的运行，古代的美人名士，能够富贵又长寿的能有几个人呢？这哪里和扬州的兴盛衰亡有关，而偏偏把感慨发泄在江边呢？或者我现在年纪已老，写艳诗已经不适合了，但评论人物，搜集辑录文献，我还在做这些事，这样看来还不算老吧？

天地间的四季，最伤人的是酷夏，最好的是初秋。初秋可以一扫盛夏的繁闹，去除过分闷热的蒸腾之气，使之变成清凉平淡。初秋的清凉之气，又不至于使人觉得太过萧索。现在的扬州，正是初秋吗？从我的身世来看，即使乞讨，也不至于马上就饿死吧，我也处在我生命的初秋吗？写下这篇《己亥六月重过扬州记》。

赏析

道光十九年（1839），作者因抨击时弊，支持严禁鸦片，并忤逆长官，为当权者所排斥，因此于当年四月二十三日被迫辞官，离京南归，五月抵达扬州。嘉庆末年，作者曾来过扬州一次，因而这次算是重过。抚今追昔，不禁令人感慨万分，因此写下了此文。本文通过对扬州这座历史古城表面富庶繁华，实际已是万般萧索的今昔对比，间接地揭露了掩藏在太平盛世背后，上层社会的黑暗与腐朽，揭示了一个历史时代正在日趋走向没落，清王朝已濒临“山雨欲来风满楼”的前夕。

全文紧紧抓住一个“重”字，今昔对比，景似事殊，愤慨之情，溢于言表。文章的开头，先追叙在京师时听到客人说的一句话：“卿知今日之扬州乎？读鲍照《芜城赋》，则遇之矣。”于是在作者心中立即生起一幅“白杨早落，塞草前衰”的景象，然而当作者真的到了扬州之后，却发现一切都并非如此，旧景如昔，登城墙而见扬州城中的繁荣景象，游蜀岗而观扬州城外的艳丽风光，谈经历而知扬州的人情世态，处处都标明了杨州与昔日一样，于是作者又一次疑心大增，“忆京师言，知有极不然者。”对比之下，既深化了文章的主题，又使全文脉贯通。全文叙事的笔墨较多，作者重点写了接待当地文人名士来访的情况，又坦率地记述了自己携妓冶游的经历，表面上看这是当时“名士风度”，但实际上却是深刻地揭露了当时社会庸俗浅薄的习气，以及醉生梦死的精神状态。随后，作者又紧紧抓住“重过”二字，回忆当年的友人，自然地转为抒发今昔之比与个人身世的感慨，流露出一种既清醒却又无奈的心理。

说居庸关

龚自珍

居庸关[1]者，古之谭[2]守者之言也。龚子曰：“疑若可守然。”“何以疑若守然？”曰：“出昌平州[3]，山东西远相望，俄然而相辏[4]相赴，以至相蹙[5]。居庸置其间，如因两山以为之门，故曰疑若可守然。”

关凡四重，南口[6]者下关也，为之城，城南门至北门一里；出北门十五里，曰中关，又为之城，城南门至北门一里；出北门又十五里，曰上关，又为之城，城南门至北门一里；出北门又十五里，曰八达岭，又为之城，城南门至北门一里。盖自南口之南门，至于八达岭之北门，凡四十八里，关之首尾具制[7]如是，故曰疑苦可守然。

下关最下，中关高倍之，八达岭之俯南口也，如窥井形然，故曰疑若可守然。

自入南口，城甃有天竺字[8]、蒙古字。上关之北门，大书曰：“居庸关，景泰二年[9]修。”八达岭之北门，大书曰：“北门锁钥[10]，景泰三年建。”

自入南口，流水啮吾马蹄，涉之瑽然鸣[11]，弄之则忽涌忽洑[12]而尽态，迹之则至乎八达岭而穷。八达岭者，古隰馀水[13]之源也。

自入南口，木多文杏[14]、苹婆[15]、棠梨[16]，皆怒华。

自入南口，或容十骑，或容两骑，或容一骑。蒙古自北来，鞭橐驼[17]，与余摩臂行，时时橐驼冲余骑颠。余亦挝[18]蒙古帽，堕于橐驼前，蒙古大笑。余乃私叹曰：“若蒙古，古者建置居庸关之所以然，非以若耶？余江左[19]士也，使余生赵宋世，目尚不得睹燕、赵，安得与反毳[20]者相挝戏乎万山间？生我圣清中外一家之世，岂不傲古人哉！”蒙古来者，是岁克西克腾[21]、苏尼特[22]，皆入京，诣理藩院交马云[23]。

自入南口，多雾，若小雨。过中关，见税亭焉，问其吏曰：“今法网宽大，税有漏乎？”曰：“大筐小筐，大偷橐驼小偷羊。”余叹曰：“信若是，是有间道[24]矣。”

自入南口，四山之陂陀之隙，有护边墙数十处，问其民，皆言是明时修。微[25]税吏言，吾固知有间道出没于此护边墙之间。承平之世，漏税而已。设生昔之世，与凡守关以为险之世，有不大骇北兵自天而降者哉！

降自八达岭，地遂平，又五里，曰岔道[26]。

注释

[1] 居庸关：旧称军都关，在北京昌平区西北部。是长城要口之一，明洪武元年修建，与紫荆关、倒马关合称“内三关”。

[2] 谭：同“谈”。

[3] 昌平州：即今北京市西北的昌平区，离北京八十里。

[4] 相辏（còu）：相互聚集在一起。辏，车轮的辐集中于毂上。引申为聚集。

[5] 蹙：局促。此处形容重叠，挤在一起。

[6] 南口：在居庸关南面，有南北两门。

[7] 具制：具体的体制、格局。

[8] 天竺字：即梵文，古印度文字。

[9] 景泰二年：即 1451 年。景泰，明代宗朱祁钰的年号。

[10] 锁钥：意思是军事上的要塞。

[11] 瑽（cōng）然鸣：像佩玉一样的响声。

[12] 洑（fú）：水流回旋。

[13] 隰（xí）馀水：古水名。即今温榆河，发源于八达岭，自居庸关南流，经过昌平县南，流入运河。

[14] 文杏：银杏，俗称白果树。

[15] 苹婆：俗称凤眼果。

[16] 棠梨：即野梨，也称甘棠。

[17] 橐（tuó）驼：即骆驼。

[18] 挝（zhuā）：击，打。

[19] 江左：即长江东南沿岸地区。

[20] 反毳(cuì)：反穿毛皮衣。此指蒙古等少数民族。毳，野兽的细毛。

[21] 克西克腾：内蒙古旗名。在昭乌达盟西部，清代设旗。

[22] 苏尼特：内蒙古旗名。属锡林郭勒盟。

[23] 理藩院：清代官署名。掌管蒙古、西藏、新疆各地少数民族事务。交马：贡马。

[24] 间（jiàn）道：隐蔽的小路。

[25] 微：无，非。

[26] 坌（bèn）道：道路名。一名“岔道”，在八达岭的外围。

译文

居庸关，是古代谈论守御的人时常提起的地方。我说：“那地方似乎可以镇守啊。”“为什么说是似乎可以镇守呢？”回答说：“出昌平州，居庸山便分东西两面，远远相望，忽然间两条山脉又互相趋近，最终并拢在一起，居庸关就建造在这两山之间，就像靠着两座山建了一座门，所以说似乎是可以镇守的。”

居庸关共四层，南口是下关，专门建造了一座城，城的南门到北门有一里之遥。出北门十五里，便是中关，又建造了一座城，城南门到北门之间也是一里路之遥。出北门再行十五里，便是上关，又建造了一座城，南门到北门又是一里路的距离。走出北门又走了十五里的，便是八达岭，这里又建造了一座城，城南门到北门又是一里。大致从南口的南门到八达岭的北门，共有四十八里。居庸关的从头到尾的建筑格局就是这样的。所以说似乎是可以镇守的。

下关在最下面，中关高出它一倍，在八达岭上可以向下俯视南口，就如同窥视水井一般，所以说似乎是可以镇守的。

自从进了南口后，城墙的砌石上有梵文、蒙古文。上关的北门上，大字书写着“居庸关，景泰二年修”几个字。八达岭的北门，大字书写着“北门锁钥，景泰三年建”几个字。

自从进了南口后，流水一直浸泡着我的马蹄，涉水而过，发出玉石相撞般的声音；用手拔弄，则一会儿涌起，一会儿回旋，形状不停地变换着；沿着水行走，一直到八达岭才消失。八达岭是古时㶟馀水的发源地。

自从走进了南口，树木多银杏、凤眼果和野梨，花都开得很旺盛。

自从走进了南口，道路宽的地方可容纳十匹马前行，狭窄的地方可容纳两匹马，或只可走一匹马。蒙古人从北面来，驱赶着一群骆驼，和我擦肩而行。骆驼常常冲撞我的马头，我也拍打蒙古人的帽子，结果蒙古人的帽子落在骆驼前，蒙古人大笑起来。我于是私下感叹道："你们这些蒙古人，古代之所以要建造居庸关，不是为了防你们吗？我是江南人，假如我生在宋朝，眼睛连燕赵的地方都看不到，怎么能够和反穿皮衣的蒙古人在万山中相互拍打嬉戏呢？我生在圣明的大清朝，正是中外一家的时代，难道不可以向古人炫耀吗？"这群前来的蒙古人，这一年有克西克腾旗、苏尼特旗，据说都是到理藩院进贡马匹的。

自从走进了南口后，雾多起来，好像下了小雨一般。走过中关，见到一所税亭，问那税吏道："现在法律宽大，还有漏税的吗？"税吏说："大筐小筐的，大的偷进过骆驼，小的偷进过羊。"我感叹道："如果你说的是真实的话，这里一定有隐蔽的小路了！"

自从走进了南口后，四面倾斜不平的山岩空隙中，有护边墙几十处，询问当地的百姓，都说是明朝时候修的。没有收税官的话，我本来也知道有隐蔽的小路出没在这护边墙中间了。太平的时候，不过是漏些税罢了。如果生在古时候，即把镇守关隘当作险要的时世，不是要惊骇这北方的兵马从天而降了吗？

从八达岭下去，地势逐渐平坦了，再走五里，便到了岔道。

赏析

此篇作于清道光十六年（1836）。这年，作者的朋友湖南桂阳知州王元凤被诬告，发往张家口军台效力，作者当时在礼部供职，特地请假送他出居庸关，过八达岭，回来后写了这篇文章。居庸关，在今北京市昌平县西北，传说秦始皇筑长城时将强征来的民夫徒居这里，取“徒居庸徒”之意，后便命名为居庸关。这里形势险要，是长城的要塞，北京的咽喉。本文开篇即以“疑若可守”这一设问开头，然后便分三个层面进行叙述论证，而每层均以“疑若可守”作结。文章首写居庸关险要的地势和规模雄伟的设防。第二层面则各以“自入南口”开头，于生动形象的历史遗迹、景物风光，以及途中与蒙古人相遇等几件事的描绘中，寄寓作者的深意。第三层面，则以与税吏的一番谈话中，知道出入关隘偷逃税很严重，从而钩沉出周边防御“漏洞”百出，认为“疑若可守”，而实不可恃，恃险可守的思想实不足取！并且论证了，国家的安危并不取决于地势的险要，而在于各民族的团结和国力的强盛这一论点。本文脉落、层次清晰，行文变化多端，错落有致，作者把记事、写景、议论三者有机地结合起来，是一篇颇有政论色彩的游记作品。

君山[1]月夜泛舟记

吴敏树

作者简介

吴敏树（1805—1873），字本深，号南屏，巴陵（今湖南岳阳县）人，清代散文家。道光十二年（1832）中举。道光二十四年（1844）任浏阳县教谕。因厌恶官场的尔虞我诈，年余则称病告退。从此谢绝声华，不求仕进，家居诵弦，潜心于诗、古文之学。同治十一年（1872），湖南省通志局聘请吴敏树主持编修《湖南通志》，续修《沅湘耆旧诗文集》。毅然抱病前往，次年5月，吴敏树屡念编修之事中辍，决定再赴长沙履任。行前，家人执意劝阻，吴敏树以笑答之："有是命焉，虽殁于外，何伤乎。"同治十二年（1873）8月吴敏树在省通志局谢世，终年六十九岁。吴敏树柈湖文派的创始人，诗文经史造诣深厚，著述丰硕，著有《柈湖文集》《柈湖诗录》等。

秋月泛湖，游之上者，未有若周君山游者之上也。不知古人曾有是事否，而余平生以为胜期[2]，尝以著之诗歌。今丁卯七月望夜，始得一为之。

初发棹，自龙口向香炉[3]。月升树端，舟入金碧[4]。偕者二僧一客，及费甥、坡孙也。南崖下渔火数十星，相接续而西，次第过之，小船捞虾者也。开上人指危崖一树曰："此古樟，无虑[5]十数围，根抱一巨石，方丈余。自郡城望山[6]，见树影独出者，此是也。"然月下舟中仰视之，殊不甚高大，余初识之。客黎君曰："苏子瞻[7]赤壁之游，七月既望[8]，今差一夕尔。"余顾语坡孙："汝观月，不在斗牛[9]间乎？"因举诵苏赋[10]十数句。

又西出香炉峡中，少北。初发时，风东南来，至是斜背之。水益平不波，见湾碕[11]，思可小泊，然且行，过观音泉口，响山前也。相与论地道通吴中[12]，或说有神人金堂数百间，当在此下耶？夜来月下，山水寂然，湘灵、洞庭君[13]，恍惚如可问者。

又北入后湖，旋而东，水面对出灯火光，岳州城[14]也。云起船侧，水上滃滃然[15]，平视之，已作横长状，稍上乃不见。坡孙言："一日晚，自沙嘴见后湖云出水，白团团若车轮巨瓮状者十余积，即此处也。"然则此下近山根，当有云孔穴耶？山后无居人，有棚于坳者数家，洲人避水来者也。数客舟泊之，皆无人声。转南出沙嘴，穿水柳中，则老庙门矣。《志》称山周七里有奇，以余舟行缓，似不翅也。

既泊，乃命酒肴，以子鸡苦瓜拌之，月高中天，风起浪作，剧饮当之，各逾本量。超上人守荤戒，裁少饮，啖梨数片，复入庙，具茶来。夜分登岸，别超及黎，余四人寻山以归。明日记。

注释

[1] 君山：也叫湘山或洞庭山，在今湖南省岳阳市西南洞庭湖中。相传舜的妃子湘君到过这里，因此叫作君山。

[2] 胜期：犹胜日。

[3] 龙口：水名。香炉：山名。

[4] 金碧：形容月水相映，湖面一片金波。

[5] 无虑：大概的意思。

[6] 郡城：即岳阳城，岳阳古为巴陵郡。

[7] 苏子瞻：即北宋著名文学家苏轼。

[8] 七月既望：即阴历七月十六日。

[9] 斗牛：天上的两个星座，即二十八宿中的斗宿和牛宿。

[10] 苏赋：即苏轼的《前赤壁赋》，赋中有“月出于东山之上，徘徊于斗牛之间”等句。

[11] 碕（qí）：弯曲的岸。

[12] 论地道通吴中：相传洞庭湖有地道与太湖相通，故太湖也叫洞庭湖，湖中有两座山名叫洞庭山。吴中，今江苏省苏州地区。

[13] 湘灵：掌湘水的神。传说舜的妃子溺死在湘水，就做了湘水神。洞庭君：唐朝李朝威《柳毅传》记载：洞庭君是洞庭湖的龙王，柳毅曾游龙宫，并与洞庭君的女儿结婚，后来成了仙。

[14] 岳州城：即今天的岳阳市。

[15] 滃滃（wěng）然：水势很盛的样子。

译文

秋夜，于月明之日泛舟湖上，而这种游玩观赏又没有比泛舟洞庭湖、观赏君山美景更好的选择了；不知道古人是否也曾有过这样的经历？我这一生把泛舟洞庭湖观赏君山当作最好的期待，我曾经在诗歌中表达了这个愿望。丁卯年（同治六年即1867年）农历十五日夜，我终于获得了一次这样的机会来游览君山。

船离岸之后，先从龙口出发前往香炉峰。这时月亮已经升到树顶了，船行在水面上，后面留下一片金色的碎波。小船之上，一起同游的还有两位僧人和一位朋友，以及我一个姓费的外甥和我的孙子吴坡。南面的山崖下有十几处渔船的灯火闪烁着，相互接连着一直伸向西方，一个接一个地从我们眼前闪过，走近了才发现，那是捕捞虾子的渔民在灯下做业。开上人指着远处危崖上一棵大树对我们说："这棵老樟树毫无疑问，至少有十几个人合抱那么粗，你们看那树根被一块大石头围住，那石头就有一丈多宽。从岳阳城里眺望君山，隐约能见到一个树影，那就是这棵樟树。"但是如今泛舟湖上，月光之中抬头仰望，感觉它也并不是那么的高大。我是第一次听到这个情形。客人黎君说："苏轼月下乘船游览赤壁是在七月十六日，和我们今天游览洞庭湖只差一天的时间啊。"我侧脸对吴坡说："你看今晚这月亮不也是在'斗牛星宿'之间吗？"于是我们一起背诵了苏轼《赤壁赋》里的十几个句子。

随后，从香炉峡中出来，小船又偏向北方行进。刚进湖时，风是从东南方向吹来的，现在风变成从背后斜着吹来。水面愈加平静而波澜不兴，看到面前弯弯曲曲的水湾堤岸，想到可以先到那里暂时停泊一下。然而这么想着，船却并未停下，而是一直驶过了观音泉口，来到响山之前。大家谈起这里的湖底有条地道可以通往吴中(江苏太湖）的传说，又有人说：“有神仙居住的黄金殿堂，应当也在这个下面啊。”夜色之下，月光普照，山水都同归于静寂。那情形仿佛可以访问传说中湘水之神和洞庭湖的龙王。

后来又从北进入后湖，不久又转向东面行进。湖面之上映照出岸上的岳州城的点点灯火。不知什么时候云雾从船侧升腾起来，水面之上给人一种烟波浩荡之感。平视前方，那云雾如一条横长的带子形状，之后云气逐渐升腾，最后消散不见了。我的孙子吴坡说：“有一天晚上，从沙嘴这个地方可以看见后湖的云气从水面上腾腾地升起，白色的雾团有的像车轮，有的像巨大的水瓮，大约有十多团，就是这个地方。”然而这里靠近山根，是不是有贮云的山洞存在啊？山后没有人居住，在山间低洼平整的地方，有几处搭建的草棚，是岛上的人来这里躲避水患时盖的。有几只客船停泊在那里，没有喧闹的人声。再转而向南行驶，出了沙嘴，穿过水中的柳树林，便可看见老庙门。《岳州志》记载“君山周长七里有余”，根据我们乘坐的船缓缓地行进来测度，似乎不止七里长。

船只停好后，就让人拿出酒来，又做了一道童子鸡拌凉苦瓜这道菜。这时候，已是月上中天了，风起浪涌，大家对着明月和风浪一番痛饮，每人都超过了自己的酒量。超上人持守荤戒，只稍微喝了一点点酒，吃了几片梨子。他返回到庙里，拿来了茗茶。半夜时分，大家离船上岸，我们辞别了超上人和黎君，其他四人顺路回家了。第二天我记下了月夜游君山的经历。

赏析

君山在洞庭湖中，与历史名胜岳阳楼遥遥相望，这里曾经产生过许多优美的神话传说。本文记叙的是吴敏树和友人月夜泛舟绕君山游览的经过。全文用简洁的笔触和语言，描写了月夜洞庭湖的湖光美景，叙述了有关洞庭湖的神秘传说和奇异现象。“夜来月下，山水寂然，湘灵洞庭君，仿佛如可问者。”景色与神话交织在一起，从而再现了洞庭湖月夜的幽静安谧。此外对景物的描写也是灵动而幽秘，全文以月色为背景，洞庭乘舟览胜为主线，以君山为内核，次第推进，以白描的笔法刻画出湖光山色的清幽，人物对话简练，景物的择取独到，在朦胧的主色调包盖下，动与静相伴相生，人与物，船与景跃动其中，让读者从中能体会出一种宁静而跳动的美！

游君山[1]记

刘蓉

作者简介

刘蓉(1816—1873),字孟容,号霞仙,湖南湘乡人。桐城派古文家,曾做过曾国藩的幕客。诸生出身。曾在乡办团练,从曾国藩在江西与太平军作战。同治元年(1862)任四川布政使,同年石达开军入川,奉命赴前敌督战。石达开大败,自投清营,刘蓉将其槛送成都,酷刑处死。次年调升陕西巡抚,督办全陕军务。后为张宗禹所率西捻军所败,革职回家。著有《养晦堂文集》《思耕录疑义》等。

予尝东涉洞庭,孤艇浮空,随波荡漾。举首四望,以为上穹覆帱[2]之下惟水窟焉,不知此身之忽在何乡也。风涛即寂,波远镜平,湖光际天,旷若无外,独君山遥矗湖心,如巨人身没洪涛而耸其髻,其不至汩以沉[3],特幸焉耳。其后数往过之,待君山屹立如故。

咸丰四年[4],贼犯岳州[5],予从侍郎曾公[6]率舟师御之湖上,泊南津港[7]者累月。晨夕望君山,烟霞若近在眉睫间,顾羁牵不得往。及贼遁,又亟谋引军追袭,益不暇游观之乐矣。比岁,备官[8]秦蜀,周览形胜，独时时念君山耸峙湖中，历万千年幸不为风涛漂没。其雄特坚挺峭立无助，实负殊绝之姿，非若峨嵋、泰、华诸峰层累以成高大，虽上逼霄汉，要无孤危之惧，此真海内伟观。惜乎予不及往穷其胜，为可憾也。今年罢官秦中，浮襄汉[9]，溯江而南，将复道洞庭。乃驰函招郭君伯琛、吴君南屏、罗君念生[10]同往观焉。

当其泛舟浩渺，与天无际，若不知世有是山。及其深入陵谷，引睇[11]徘徊，又若不知湖之为广、波澜之为壮者。盖是山，丘壑阻深回环隐蔽，奄有重湖之胜。若巨贾富蓄万，有入其室，则虚然。及夫登楼俯仰，澎湃汹涌，雷骇云谲，恢诡万状，惟所吐纳而无求不得。然则予之向也，特以孤挺峭立为奇，恶知其奥衍闳深[12]，涵蓄渊广，如是之雄且富也。士之抱负非常，独立不惧，固不屑求知于世。世亦忽之，以谓孤介[13]绝俗，莫窥其际。夫孰知神明之蕴于中者，不可以方所求哉！语曰：“登五岳而后知山，浮海澳而后知水。”世之君子囿于见闻之陋，不求瓌玮[14]之观，即遇豪杰伟人，固将交臂失之，顾以耳目不接之故，轻量天下，而睥睨[15]之曰：“世无其人。”不亦重可慨哉！

是游也，实洽旷远之怀，又自愧夙昔之隘且陋，不慊吾志多类于此，故为之记，镵[16]诸九江楼壁，以谂[17]后人，将有同予此慨者。至于游事始末，则念生之说详矣，伯琛、南屏又各赋诗以纪其胜，余皆不复述也。

注释

[1] 君山：洞庭湖中的小岛，一称洞庭山、湘山，位于岳阳市西南，上有十二峰。

[2] 覆帱：覆盖。

[3] 汩以沉：沉没。

[4] 咸丰四年：即 1854 年。咸丰，清文宗年号。

[5] 贼：此指太平军。岳州：古州名，即今天湖南岳阳。

[6] 侍郎曾公：即曾国藩，字伯涵，号涤生。中国近代政治家、战略家、理学家、文学家，湘军的创立者和统帅。官至两江总督、直隶总督、武英殿大学士，封一等毅勇侯，谥曰文正。

[7] 南津港：在湖南岳阳市南，西通洞庭湖。

[8] 备官：谦词，特指自己才疏不能胜任官职，不过备员充数。

[9] 襄汉：即汉水，源出陕西宁羌县，东流入湖北境，至襄阳会白河，俗称襄河，东南流至汉阳入长江。

[10] 郭君伯琛：即郭嵩焘，字伯琛，湖南湘阴人。历官驻英法大使。罢官后，闭门著书，世称养知先生。吴君南屏：即吴敏树，号南屏。湖南巴陵人。官浏阳县训导。罗君念生：罗汝怀，字念生，湖南湘潭人。

[11] 引睇：遥望。

[12] 奥衍闳深：境界深远。闳，巷门。

[13] 孤介：清正不随俗。

[14] 瓌玮：即玮瓌，珍奇，美好。

[15] 睥睨：斜着眼睛看，形容高傲的样子。

[16] 镵（chán）：刺，凿。

[17] 谂：劝告。

译文

我曾经乘船东渡洞庭湖，一叶孤舟如同飘浮在半空中，随着湖水的波浪荡漾。抬头四望，在头顶的天空如帷幔般覆盖之下，只剩下了一片汪洋的大水，不知道我这个身体忽然之间在什么地方了。风浪寂静之后，水波辽阔有如平镜，湖光连接天际，世界空旷得好像不存在了一样。唯独剩下君山仍远远地矗立在湖心，好像巨人身体在洪涛之中，而高耸地显现出他的发髻。他不至于沉没，仅仅是侥幸罢了。后来我又曾多次经过这里，只见君山一直像以前那样矗立。

咸丰四年，太平军进犯岳州，我随从曾侍郎率领水军在洞庭湖上进行防御，战船全都停泊在南津港，有数月之久。早晚都能眺望君山，烟雾云霞缭绕，好像就在眼前，只是因战事的牵绊不能抽身前往。等到贼兵逃遁之后，又急忙策划率领军队追袭，更加没有闲暇去享受在水边观赏的快乐了。近年来，挂职在秦、蜀一带做官，游览了周围的名山胜景，唯独时时怀念君山那高耸峙立在洞庭中的样子，虽经千万年却一直不被风涛所挪移、淹没。它像武士勇者一样坚韧挺拔、孤峭耸立，没有任何的扶助，确实不负特殊、奇绝的身姿。不像峨嵋山、泰山、华山等山峰那样，是由层层的累积成就它的雄伟高大，虽然高耸云天，但却没有让人感到孤立、危险的恐惧，这真是世间的奇观。只可惜我还没能前往游览，阅尽山中胜境，这实在是太遗憾了。今年免除了秦中的官职，乘船行经襄水、汉水，逆长江南行，又经过洞庭湖。于是便写信邀请郭伯琛、吴南屏、罗念生一同前往君山游览。

当我们乘船在浩渺的洞庭湖上，湖水与天相接，无有边际，好像不知道世间还有座君山。等到我们深入到君山中的丘陵、山谷，遥望徘徊，又好像不知道洞庭湖原来是那样的广阔，波澜是如此的壮观。大概这座山，丘陵、沟壑阻碍很深，回旋环绕、隐蔽，忽有重湖的胜景。如同大富商积蓄有万金，有人进入屋内，则是一片虚空的样子。等到登上高楼向上仰视、向下俯视，眼前却是一片汹涌澎湃的景象，那声响如巨雷一般令人惊骇，那云雾使人感到变化莫测，恢宏诡异之势呈现万千形态，只要洞庭湖的波涛在涌动，那么你就可以看到想看到的一切神奇的景观。可是，我在以前仅以君山的孤绝、挺拔、峻峭、耸立作为它的奇特之处，怎么知道它境界深远，蕴含渊博，像这样雄奇而丰富呢！士人具有不同一般人的抱负，特立独行而无所畏惧，固然不屑于求得世人的认知。世人往往也忽视他们，认为他们孤独耿介，不与世俗人相来往，根本窥见不到他们的伟大。可是有谁知道有崇高精神蕴藏在心中的人，不可以用某个单一的标准来要求他啊！俗话说："攀登了五岳，然后才懂得山，渡过大海之后才知道水。"世间所谓的君子，他们常常局限于自己见闻的浅陋，不追求珍奇美好的景象，即使是遇见了豪杰圣贤，也必将会从自己的身边擦身而过，怎么可以因耳目没有接触的缘故，轻率地衡量天下，还很骄傲地说："世间没有我心服的英雄。"这不也更令人慨叹吗？

这次游历，实在是使眼界和胸怀为之一敞，又自愧于以前的狭隘和浅陋，我所不满的心情多半与此有关，因此写了这篇游记，将它刻在九江楼的墙壁上，以劝告后人，将会有与我同样感慨的人。至于这次游览的过程，念生在一篇文章中说得更详细，伯琛、南屏各自都写了诗作为这次畅游的纪念，其余的都不再说了。

赏析

这篇游记已经颇有现代散文的韵味了，它既摆脱了以方位顺序记游的方式，也没有遵循以游踪为线索的记叙方式。而是随忆随记、夹叙夹议，景议结合、景叙结合，在随适自然的叙议中完成了对君山的描绘与赞美。开篇先是整体叙述了君山的印象，被旷远浩瀚的洞庭包围，遥矗于洪涛之中。作者数次经过，君山一直保持着这样一个姿态，这是走马观花的大致印象。之后第二段笔峰一转，转入叙事。咸丰四年，作者驻事洞庭湖上，但却因军务繁忙，一直无暇顾理，于是只能“晨夕望君山，烟霞若近在眉睫间，顾羁牵不得往”。后来作者到秦蜀做官，“周览形胜，独时时念君山耸峙湖中”，并深以不能游览而为憾事。而后，终于机会来了，作者可以“将复道洞庭”，于是“乃驰函招郭君伯琛、吴君南屏、罗君念生同往观焉”。随后进入全文的重点，即对君山的整体描绘：于浩渺的洞庭湖上看不到君山的影迹，是说湖之大；而深入君山陵谷之中，又完全不知山外的巨湖，是说山之深。接着便以对比的方式以湖与山两相对比进行双向描画，之后以一句“特以孤挺峭立为奇，恶知其奥衍闳深，涵蓄渊广，如是之雄且富也”引带出“士之抱负非常，独立不俱，固不屑求知于世。世亦忽之，以谓孤介绝俗，莫窥其际”。从而隐喻了自己罢官后的抑郁不得舒的心情。随后将此观点进一步升华为世间所谓的“君子”的孤陋寡闻、浅薄无识，而这不过是其对当政者的一种影射罢了。

留园[1]记

俞樾

作者简介

俞樾（1821—1907），字荫甫，号曲园，浙江德清人。清末著名学者、文学家、经学家、古文字学家、书法家。现代诗人俞平伯的曾祖父，章太炎、吴昌硕皆出其门下。清道光三十年（1850）进士，曾任翰林院编修、河南学政，后被御史曹登庸劾而被罢官，之后侨居苏州，潜心学术四十余载。治学以经学为主，旁及诸子学、史学、训诂学，乃至戏曲、诗词、小说、书法等。所著凡五百余卷，称《春在堂全书》。包括《群经平议》《诸子平议》《茶香室经说》《古书疑义举例》《第一楼丛书》《曲园俞楼杂纂》。

出阊门[2]外三里而近，有刘氏寒碧庄焉。而问寒碧庄，无知者，问有刘园乎？则皆曰：有。盖是园也，在嘉庆[3]初，为刘君蓉峰所有，故即以其姓姓其园，而曰："刘园"也。咸丰中[4]，余往游焉。见其泉石之胜，花木之美，亭榭之幽深，诚足为吴下[5]名园之冠，及庚申、辛酉间[6]，大乱猝至[7]，吴下名园，半为墟莽，而阊门之外尤甚。

曩[8]之阛城溢郭[9]、尘合而云连者，今则崩榛塞路[10]，荒葛罥涂[11]，每一过之，故蹊新术[12]，辄不可辨，而所谓刘园者，巍然独存。

同治[13]中，余又往游焉，其泉石之胜，华木之美，亭榭之幽深，盖犹未异于昔，而芜秽不治，无修葺之者，兔葵、燕麦[14]，摇荡于春风中，殊令人有今昔之感。至光绪二年[15]，为毗陵盛旭人方伯[16]所得，乃始修之、平之、攘之、剔之，嘉树荣而嘉卉茁，奇石显而清流通，凉台燠馆[17]、风亭月榭，高高下下，迤逦相属。春秋佳日，方伯与宾客觞咏其中，而都人士女，亦或掎裳连袂[18]而往游焉。于是出阊门者，又无不曰“刘园”“刘园”云。方伯求余文为之记，余曰：“仍其旧名乎？抑肇锡以嘉名乎[19]？”方伯曰：“否否！‘寒碧’之名，至今未熟于人口，然则名之易而称之难也；吾不如从其所称而称之，人曰‘刘园’，吾则曰‘留园’，不易其音而易其字，即以其故名而为吾之新名。昔袁子才[20]得隋氏之园而名之曰‘随园’[21]，今吾得刘氏之园而名之曰‘留园’。斯二者，将毋同。”余叹曰：“美矣哉，斯名乎！称其实矣。夫大乱之后，兵燹之余，高台倾而曲池平，不知凡几，而此园乃幸而无恙，岂非造物者留此名园以待贤者乎？是故泉石之胜，留以待君之登临也；花木之美，留以待君之攀玩也；亭台之幽深，留以待君之游息也。其所留多矣，岂止如唐人诗所云：‘但留风月伴烟萝’者乎？自此以往，穷胜事而乐清时，吾知‘留园’之名，常留于天地间矣。”因为之记，俾后之志吴下名园者，有可考焉。

光绪二年冬十月旧史氏德清俞樾记。

注释

[1] 留园：为苏州四大名园之一。在江苏苏州市阊门外。清嘉庆三年（1798）在明代徐时泰东园的旧址上筑寒碧山庄，因园主姓刘，又称刘园，光绪二年（1876），园归盛旭人所有，刘与留同音，改名为留园。

[2] 阊门：在苏州市城西。为苏州市的名门。

[3] 嘉庆：清仁宗颙琰年号（1760—1820）。

[4] 咸丰：清文宗奕詝年号（1851—1862）。

[5] 吴下：泛指吴地。

[6] 庚申、辛酉间：即咸丰九年（1860）至咸丰十年（1861）年间。

[7] 大乱洊至：大乱不断发生。此指南方的太平天国运动。洊（jiàn），古同“荐”，再，屡次。

[8] 曩（nǎng）：过去，之前。

[9] 阗城溢郭：形容人烟鼎盛，繁华热闹。阗，同“填”。郭，外城。

[10] 崩榛塞路：崩折的榛莽塞满道路。

[11] 荒葛罥涂：荒芜的蔓草肆意疯长，缠绕在路上阻碍了道路。葛，蔓草。罥（juàn），缠绕。涂，即“途”。

[12] 蹊：小路。术：道路。

[13] 同治：清穆宗载淳的年号（1862—1874）。

[14] 兔葵：植物名，苗如龙芮，花白色，茎紫色。燕麦：植物名，野生于荒地废墟间，因为常为燕雀所食，故此得名。多用来表示荒凉萧条的景象。

[15] 光绪二年：即 1876 年。

[16] 毗陵：江苏常州的古称。方伯：地方长官。

[17] 燠馆：暖房。

[18] 掎裳连袂：牵着衣服，连着衣袖。掎，牵引，拖住。袂，衣袖。

[19] 抑肇锡以嘉名乎：或者一开始就将美好的名字赐予了我。抑，还是，或是。锡，同“赐”。

[20] 袁子才：即袁枚，字子才，号随园老人，浙江钱塘（今杭州）人。清代著名的诗人、诗歌评论家，乾隆进士，曾任江宁等地知县。后辞官侨居江宁小仓山的随园。

[21] 随园：袁枚将金陵织造隋氏之园购下后改名为“随园”，晚年侨居于此，并自号“随园老人”。

译文

出苏州阊门三里，靠近城门有刘氏的寒碧庄。但是打听起寒碧庄，却没有人知道；打听起有没有刘园呢，则都说有。原来这座园子，在嘉庆初年为刘蓉峰所有，因而就以他的姓氏来命名这座园子，所以称作“刘园”。咸丰年间，我到寒碧庄游览过。见这里泉水、山石的绝妙，花草树木的美丽，亭榭楼阁的幽深，实在可以称为苏州名园中的第一。到了庚申、辛酉年间，因战乱相继而至，苏州的名园多半成为一片废墟，成为草莽丛生的地方，而阊门之外破坏得尤其严重。昔日的那些挤满内城、铺满外城，如同飞尘会合、浮云相连的街衢房舍，如今已是弯折的杂树、丛莽塞满道路，荒芜的蔓草肆意疯长，缠绕在路上阻碍了道路。每一次经过，旧的小路与新的道路都无从辨别，但刘园，却独自完好地存在下来。

同治年中，我又前往游览。那泉水、山石的绝妙，花草树木的美好，亭榭楼阁的幽深，和过去仍旧没有两样，但那些荒芜污秽的东西却无人整治，房屋没有人修缮，兔葵草、燕麦在春风中摇荡，令人有今非昔比的感慨。到了光绪二年，刘园为常州盛旭人方伯所购得，这才开始修建平整、去除污秽、荒芜，使秀丽的林木更加茂盛、漂亮的花卉更加茁壮，奇异的山石更加突显，清澈的流水更加通畅。凉台暖房，风亭月楼，高高低低，曲折相连。遇到春秋的那些佳节，方伯与宾朋一起在园中饮酒吟咏，而城中的士子、妇女全都牵着衣服扯着衣袖前来游览。于是出阊门的人，又无不口中说着“刘园”“刘园”。方伯请求我写一篇文为刘园作记。我说：“仍旧沿用园的旧名呢？还是重新取个好的名字呢？”方伯说：“不不，‘寒碧园’的名称，至今没有在人们的口头叫熟，可见命名容易而要为大家通称却很难。我不如顺从之前通常的称呼来称呼。人们称‘刘园’，我就称为‘留园’。不改变字音而改变了字形，就是以园子以前的名作为我这园子的新名。当年袁枚购得了隋氏的园林，而取名为‘随园’，我得到刘氏的园林，而取名为‘留园’。这两者或许还有所不同。”我赞叹说：“这名称好啊！名副其实啊。大乱之后，兵火荼毒之余，高台倾毁，水渠池塘填平，不知有多少。而这园子却得以保存下来安全无恙，难道不是上天留下这座名园以等待贤明的主人吗？因此，泉水、山石的殊胜，是留下来等待方伯你去登临；美丽的花草树木，留下来等待方伯你来玩赏；幽深的亭台阁榭，留下来等待方伯你游览休憩。园子留下来这么多景物，哪里只如唐人诗句所说‘但留风月伴烟萝’呢？从此以后，将尽享人间美事而快乐于清明的时代，我知道留园之名将长留天地间了。”因而作这篇记文，使日后记载苏州名园的人有所参考。

光绪二年冬十月旧史氏德清俞樾记。

赏析

这是一篇记述园林景观的文章，文章没有依游记大多以游览次序或方位记叙的手法，而是以时间为线索，叙述了留园在历史长河中从诞生到饱经战乱而“岿然独存”，再到“而芜秽不治，无修葺之者，兔葵、燕麦摇荡于春风中”，令人感叹今昔盛衰之变，最后为毗陵盛旭人所得，修缮焕然一新的过程。使人在目睹园林盛衰荣枯之变中，感受到了王朝的兴衰荣辱。文后作者借主人让其代为园子取名，而最后定之为“留园”，取之前的刘园的谐音，而作者趁机献上自己的赞誉：“夫大乱之后，兵燹之余，高台倾而曲池平，不知凡几，而此园乃幸而无恙，岂非造物者留此名园以待贤者乎？”这一句赞誉可谓正合实际，从而又将古人信奉因缘际遇之说提了出来，这样也就使文章一下子有了玩味的空间。全文文笔洒脱，不拘一格，随意挥洒，给人以适意轻松之感，议论更是平心静气，毫无激昂愤懑之情，这也和作者学者的修养有极大的关联。

湖心泛月记

林纾

作者简介

林纾（1852—1924），原名群玉，字琴南，号畏庐，福建闽县（今福州市）人，清末民初文学家、翻译家。光绪八年（1882）举人，任教于京师大学堂。早年参加过资产阶级改良主义的政治活动。曾依靠旁人口述，用古文翻译欧美等国小说一百七十余种，其中不少是外国名著，文笔也很流畅，在当时影响颇大。晚年极力反对新文化运动，是守旧派代表人物之一。他能诗工画，并曾从事小说戏曲创作。著有《畏庐文集》《畏庐诗存》等。

杭人佞佛[1]，以六月十九日为佛诞。先一日阖[2]城士女皆夜出，进香于三竺诸寺[3]，有司[4]不能禁，留涌金门[5]待之。

余食既[6]，同陈氏二生霞轩、诒孙亦出城荡舟为湖游。霞轩能洞箫，遂以箫从。月上吴山[7]，雾霭溟濛，截然划湖之半。幽火明灭相间约丈许者六七处，画船也。洞箫于中流发声。声微细，受风若咽，而凄悄哀怨，湖山触之，仿佛若中[8]秋气。雾消月中，湖水纯碧。舟沿白堤[9]止焉。余登锦带桥，霞轩乃吹箫背月而行，入柳荫中，堤柳蓊郁为黑影，柳断处，乃见月。

霞轩着白袷衫，立月中，凉蝉触箫，警而群噪，夜景澄澈，画船经堤下者，咸止而听，有歌而和者。诒孙顾余："此赤壁之续也。"

余读东坡《夜泛西湖》五绝句，景物凄黯，忆南宋以前，湖面尚萧寥，恨赤壁之箫，弗集于此。然则今夜之游，余固未袭东坡耳。夫以湖山遭幽人踪迹，往往而类，安知百余年后，不有袭我者？宁能责之袭东坡也？

天明入城，二生趣余急为之记。

注释

[1] 佞（nìng）佛：迷信佛教。佞，媚，迷信。

[2] 阖（hé）：全。

[3] 三竺诸寺：杭州有三座天竺寺，一座在北高峰的边上被称为上天竺寺，一座在稽留峰北面被称为中天竺寺，一座在飞来峰南边被称为下天竺寺。

[4] 有司：指主管某部门的官员；泛指官吏。

[5] 涌金门：杭州正西城门。

[6] 既：完。

[7] 吴山：又名胥山，在西湖东南。

[8] 中（zhōng）：感染。

[9] 白堤：西湖自新桥至孤山的长堤，传为白居易任杭州刺史时所筑，

故称白堤。

译文

杭州人大都信佛，因为六月十九日是佛祖的诞辰。前一天晚上，全城的成年男女都要出城，到上竺、中竺、下竺这三座寺院去烧香。有关的部门也不能禁止，只留下正西的涌金门不关闭，让他们出入。

我吃完晚饭，和霞轩、诒孙两个陈家的后生，也出城划船，到西湖上游玩。霞轩会吹洞箫，于是便随身携带着箫去。月亮升上吴山，雾霭迷茫，不知不觉间发现，竟然已经划到了湖中心。幽幽的火光闪耀，和我们相距大约有一丈远，共有六七处，都是画船。洞箫在湖中吹响，声音很微细，被湖风一吹发出哽咽的声响，显得凄婉哀怨，传至远方湖山回荡，仿佛感染了秋气。雾气消散，月光下湖水呈现一片纯绿，小船沿着白堤停靠。我登上锦带桥，霞轩于是吹着箫背月前行，最后走进柳树的阴影中。堤上的柳树郁郁葱葱地投下一个个黑影，成排的柳树，只在缺少柳树的地方才能看到月亮。

霞轩穿着白裙衫，站在月光下面。凉风中的蝉被箫声所触，警惕地集体鸣叫起来。夜色清透，画船在白堤下经过时，全都停下来静听，还有为萧声唱和的。诒孙回头跟我说这是东坡游赤壁的继续。

我朗读了苏轼的《夜泛西湖》五首绝句，景物描写凄凉黯淡。想起南宋以前，湖面还很萧条冷落，只是惋惜当年赤壁的箫声没有来这里会集。但是今晚的出游，我并不是要效仿苏东坡啊。只是湖山遭遇少数人的游玩，往往很像罢了。怎么知道百年之后没有人会效仿我呢？怎么能责怪我效仿苏东坡呢？

天明后回到城里，陈家的两个后生催促我赶紧记录下来这件事。

赏析

在游记散文的创作上，林纾主张“凡写山水，宜在出新意境”。也即推陈出新。游记散文的创作从两汉而下，至清已有几千年的历史，那么如何出新？古来散文大家屡有革创，但诸多都是直抒胸臆之作，变化不是太大，尤其是山水之中的意境创设，能够有意识地提出的，更是少之又少，而林纾，正是将此文要旨贯注于笔墨之中，无疑这篇《湖心泛月记》，便是他散文意境创设说的实验之作，也是验证之作。首先题目便是一新，本是泛舟，却写成了泛月，这不仅突出了文章的主旨，而且在读者心中立即生起别样的意境来。从文章的主旨来说，这又是一个新。古人写月夜泛舟，或写悲或写乐，或闲逸或超然，林纾这篇文章却别开生面，写幽人、幽情、幽景，文眼落到一个“幽”字上，这在古往今来的游记中是不多见的。再有便是文章的构思新颖，开头一段没有单刀直入直写泛月之事，而是用了一大段的杭州市民佞佛的习俗，以及进香的热闹，这看似好像无大用处，可细加品味便立即感觉到，这是一种雅与俗、闹与静的对比手法，杭人佞佛观游的“俗”与作者湖心泛舟的“雅”，杭人进香的“闹”与湖心泛舟的“静”，这两组对比恰恰体现出作者构思的巧妙与新意。此外，在遣词造句上的创新，在本文中也是作者一个有意识的尝试，如“雾消月中，湖水纯碧”，“纯碧”两字极简，但状景却是极其的逼真。“凉蝉触箫，警而群噪”二句，“凉”“触”“警”“噪”四字，可说下笔贴切，极富神韵。这一系列的创新，皆可看出作者创设新奇意境的一种大胆尝试与成功佐证。

记九溪十八涧[1]

林纾

过龙井山[2]数里，溪色澄然迎面，九溪之北流也。溪发源于杨梅坞[3]。余之溯溪，则自龙井始。

溪流道万山中，山不峭而堑[4]，踵趾错互[5]，苍碧莫辨途径。沿溪取道，东瞥西匿[6]，前若有阻而旋得路。水之未入溪号皆曰涧。涧以十八，数倍于九也。

余遇涧即止。过涧之水，必有大石亘其流。水石冲激，蒲藻交舞。溪身广四五尺，浅者沮洳[7]，由草中行；其稍深者，虽渟蓄[8]犹见沙石。

其山多茶树，多枫叶，多松。过小石桥，向安理寺路，石尤诡异。春箨[9]始解，攒动岩顶，如老人晞发[10]。怪石折叠，隐起山腹，若橱，若几，若函书状[11]。即林表[12]望之，滃然[13]带云气。杜鹃作花，点缀山路；岩日翳吐[14]。出山已亭午矣。

时光绪己亥[15]三月六日。同游者：达县[16]吴小村、长乐[17]高凤岐[18]、钱塘[19]邵伯灵。

注释

[1] 九溪十八涧：位于浙江省杭州市烟霞岭西南，发源于杨梅岭。是杭州著名风景之一。

[2] 龙井山：在杭州市西湖的西南，以出产名茶龙井而闻名，其地有龙井寺，寺内有井，泉水从山岩中流出，甘洌清凉，四时不绝。

[3] 杨梅坞：地名，在烟霞岭西南。

[4] 不峭而堑：不陡峭但多沟壑。堑，这里指山的沟壑。

[5] 踵趾错互：山脚互相交错。

[6] 东瞥西匿：看到了东面，西面的又隐匿起来。

[7] 沮洳：湿润，泉泥相和。

[8] 渟蓄：水蓄满不流。

[9] 春箨（tuò）始解：春天的笋壳开始脱落。箨，包在竹笋外面的笋壳。

[10] 晞发：晒干的头发。

[11] 若函书状：排列如书函的样子。

[12] 林表：林外。

[13] 滃然：云气四起的样子。

[14] 岩日翳吐：太阳有时被岩石遮住有时又露出来。

[15] 光绪己亥：清德宗光绪二十五年（1899）。

[16] 达县：今四川省达州市达州区。

[17] 长乐：今福建省福州市长乐区。

[18] 高凤岐：福建长乐人，字啸桐。光绪年间（1875—1908）举人，官至梧州知府，工古文词。

[19] 钱塘：今浙江省杭州市。

译文

过龙井山数里之后，一条澄清的小溪迎面流过，这是九溪向北流淌的清流。小溪发源于杨梅坞。我沿这条溪逆流而上，是从龙井开始的。

溪流从万山之中奔流而出，这些山并不陡峭却有许多沟壑，山脚相互交错，林木丛生，一片苍翠碧绿，分不清上山的路径。沿着溪流找路径，刚刚看到东边的西边的又隐匿不见了；前面的道路好像有阻碍，可是走上前去却发现有路。溪水还没有流进溪流的都叫作涧，一共有十八条涧，是九条溪的两倍。

我继续前行，遇到山涧就停下来。流过山涧的水流，一定有大石横亘在溪流中间。流水和大石冲激，水中的水草来回地摆动。溪流宽有四五尺，水浅的地方是水泥相和的浅滩，流水从草丛中流过；其中稍深一点儿的地方，虽然水蓄积得很深，但还看得清水底的沙石。

这里的山上茶树多，枫树多，松树多。过了小石桥，在通往安理寺的路上，岩石更加怪异。春笋才刚刚开始脱壳，在岩顶一簇簇地钻出来，像是老人洗干净后晒干的头发。怪石重重叠叠，在山腰时隐时现，有的像橱柜，有的像案几，又像排列的书函。向树林外望去，腾涌、弥漫着一层云气。杜鹃花正在开放，点缀着山路。太阳有时被岩石遮住有时又露出来。我们走出山坳，已经是中午了。

这次游览是在光绪二十五年三月初六。和我同游的，是达县人吴小村，长乐人高凤岐、钱塘人邵伯炅。

赏析

九溪十八涧是杭州著名的风景区之一，溪流山涧交错，峰峦回转，游览时给人一种曲径通幽的感觉。这篇文章就紧紧抓住这一特点，并用生动的笔触加以描绘。文章虽只有二百余字，却把这一风景名胜的深邃秀丽再现了出来，使人如身临其境。全篇行文如行云流水，毫无生涩之处，依游览的顺序娓娓道来，既曲折有致，又详略得当，所以无高低起伏、抑扬顿挫之感，传达给人的是空灵、幽僻、苍翠的境界，非宁静无以致远，从此小文中或许更能窥视出作者宁静而孤寂的心情。

游劳山记

张道浚

作者简介

张道浚，字廷先，安徽歙县人，清康熙乾隆年间书画家。随父钺寓居虞山（今江苏常熟），善鼓琴，工书画，尤其擅长画竹，画山水。

泰岱雄峙震方[1]，支分派衍[2]，磊磊落落，直走海涯，如子孙罗列于前，莫敢抗视[3]。独即墨有山，环海百余里，名劳盛，群峰复岭，崒嵂而起[4]。《齐记》[5]称："泰山高，不如东海劳。"昔传吴王夫差于此山得《灵宝度人经》[6]。又《寰宇记》[7]言："始皇登劳盛，望蓬莱。""以劳于陟，即名'劳'；又以驱之不动称'牢'。"及考《列仙传》[8]："乐正子长[9]遇仙于此山，得赤散丹以长年。"丘长春[10]谓三围大海，背负平川，真洞天福地，名不佳，而易为"鳌"。有诗云："卓荦鳌山立海隅，霏微灵秀出天衢。群峰削蜡几千仞，乱石穿松一万株。"又云："牢山本即是鳌山，大海中心不可攀。上帝欲令修道果，故移仙迹近人间。"李青莲[11]亦有"我昔东海上，劳山餐紫霞”之诗，结云“愿随夫子天坛上，间与仙人扫落花”。则知山实仙灵奥区，僻处海曲，举世鲜闻；即闻之亦未易蹑屐而登，得穷其奇，尽其变也。

康熙甲戌，余自蓟北返而东游。潘太史雪石谓余曰：“子之游不虚也，殆将登大小劳而极海山之胜乎？”且为具言其概。余心慕之，三年，愿莫能申。

丁丑四月既望，刺史陈君按行部内，余得偕过不其城[12]。兴会适逢，因携一童子周夔入山，一府役章姓引导，马一骡二。由城东南行三十里，群峰当马首，疑绝人径。忽而峭壁双开，松风夹路而入。约二里许，名峡口，旁有古寺，广庭无他物，惟药品几种曝日下，香气触鼻观。道人知医，时以济人走尘市。余独坐幡影石坛上久之。迤逦而东，地复广衍，不知为众山深处。云开霞卷，登一小峰，忽得东海全胜。银涛万顷之上，南望紫翠千层，随波荡漾，灵异不可名状，恨不得即插翅飞去。童子牵衣遽下，遵大路折而南，十里至泠哥庄，憩修真庵。松间犬吠，道童知客至，拾松枝烹茗相款。时邑侯[13]龚君铨，楚人也，命候人[14]设鸡黍于此。余知而止之，与一蒲团上人共蔬饭。

饭罢，循山东向，即前南望诸峰。乱石嶙峋，转折成路，马蹄蹭蹬难前。行山麓十余里，陡跻绝巘[15]。缘峻壁，仰摩苍穹，俯临万仞，心惊目眩，不知所措。山腹仄径[16]蜿蜒，盘空凌虚，不得不释鞍曳杖。又行十里许，两足下巨石剑攒，浪花乘风搏激，雪卷云翻，顷刻万状。昔称孙位[17]画水几于道，恐见此笔底亦将穷矣。空洞中有声如雷，时殷林木，复恍惚见龙光鱼影，鹤驾鸾车，翻飞于虚无弥茫之间，直抵于扶桑析木[18]、穷荒极岛之外，两目收拾亦大矣哉。

径随峰转，云傍人飞，于横溪绝壑中度飞仙桥，进一道院。寂寥古殿，丹灶依然，此太平宫也。上有白龙、老君、华阳诸洞。扪萝攀磴而上，备历幽绝。时日已西下，斜阳挂松林，二十里之间，郁郁苍苍。松多千百年物，虬枝鹤骨。有挺然千尺凌霄，而具擎天蔽日之概者；有周围合抱，而横枝礌砢[19]蹙缩，俨然龙挛虎跛之状，而高不四五尺者；有远架岩壑，而岸然高视者；有倒托悬崖如俯首恭而揖者。或三五并列于前；或一枝独秀于后；或两相纠缠，结而为门；或分行排立，整如部伍，而不错乱跬步。更有琼葩珍卉，绵谷沿溪；奇兽珍禽，依人不扰，莫可名识者。

由是直抵华岩。山多伐毛洗髓[20]之流，独此庵为释子道场。邑人黄氏所创于此未久，故讲殿禅堂、虚廊峻阁、佛像法相、缯盖幢影之类，靡不严整，胜于他处。坐倚十间楼头，听清梵琅琅[21]出山坳树隙间，与海潮相和应。

夜半，寻大悲阁僧岸先、万修话[22]。凭栏瞰海，正当月临峰顶，潮上山腰，觉三千世界无非银溶冰结；藐然一身，直与清淑之气相融洽。鸡鸣，僧拉跻庵后高峰。目极沧溟，波平际天。见云霞五色中，拥出丹砂轮影，疑阳乌[23]已离旸谷[24]。孰知少顷煌闪烁，如熔金炉鼎，方由一线而全升。初犹痴漾水光中也，一轮初上，山耶水耶，人耶物耶，由晦复明，光华四散，真目得未曾有。僧言海气氤氲，晨曦恒晦，若此纤悉毕现，人不数见者也。徘徊久之，轩衣而起[25]。

僧摘山蔬供麦饭，味淡而甘，亦非人世间所常服。乃尘绊未释，不能踪步华楼巨峰之胜，遽与诸僧别于塔院前。清渠一泓，澄澈见底。金鱼可百许，游泳自若，初不知有人之乐其乐者，并不知十步之外，更有大洋之可乐也。僧订后游，余曰："纵不得灵经异丹，以求长年，仍当踪步华楼巨峰，访青莲扫花坛上，固所深愿。”

遂循路而返，重过修真，寻蒲团上道人，叩其姓氏，不言。其蒲团上岁月，亦不知几何矣。赠余藤杖一枝，枝节离奇，色如朱漆，即山中物，历年滋久者，受之，将归奉母寿。薄暮，抵城中，刺史公叩余所游，口不殚述，因书一二于此以示之。至山之高，未知果能出于泰岱否。《周官》[26]太史氏职掌天下舆图、海岳、镇渎[27]，必能考核得实。何时得继见潘太史，当复质之。

注释

[1] 震方：东方。震，八卦名，位在东方。

[2] 派衍：派生。

[3] 抗视：指抬头平视。

[4] 劳盛：劳山又名劳盛。崒嵂（zú lǜ）：高峻貌。

[5]《齐记》：书名，南燕青州人晏谋撰。

[6]《灵宝度人经》：道教有《灵宝经》。葛洪《抱朴子》记载，吴王夫差于石中得紫文金简之书，以问仲尼，仲尼曰：此乃灵宝之方，长生之法。

[7]《寰宇记》：即《太平寰宇记》，宋乐史撰，历述宋初各州军地理沿革及户口风俗、人物、土产，是研究历史地理的要籍。

[8]《列仙传》：书名，旧题汉代刘向撰，记述古来仙人凡七十一人。

[9] 乐正子长：宋即墨（今属山东）人，曾经遇仙于劳山，授巨胜赤散方，人服之能长生不死，子长服之，年逾百八十岁，登劳山仙去。

[10] 丘长春：即丘处机，道教全真道北七真之一，字通密，号长春子，山东栖霞人，元世祖忽必烈追封他为“长春演道主教真人”，世号长春真人。

[11] 李青莲：即唐代诗人李白，号青莲居士。诗引自《寄王屋山人孟大融》，夫子指孟大融，仙人指安期生。

[12] 不其城：古县城名，在今山东崂山西北。

[13] 邑侯：即知县，一县之长。

[14] 候人：道路迎送宾客的官吏。

[15] 跻：登，上升。巘：意为大山上的小山，或形状似甗的山的意思。

[16] 仄径：狭窄的小路。

[17] 孙位：唐人，居会稽山，以处士为蜀之文成殿下将军，画水如神，人称孙位之水几千道。

[18] 扶桑：神话中的树木名，日出之处。析木：星次名。按《尔雅》，析木，指二十八宿中箕、斗两宿之间的银河。

[19] 礧砢（léi luǒ）：亦作“礌砢”。树木多节。

[20] 伐毛洗髓：涤除垢秽、脱胎换骨之意。指道士。

[21] 清梵琅琅：指僧人诵经之声。

[22] 岸先、万修：僧人法号。

[23] 阳乌：太阳。

[24] 旸谷：又作汤谷，神话传说中日出之处。

[25] 轩衣而起：振衣而起。轩，上举，扬起。

[26]《周官》：即《周礼》，古代儒家经典，集周代官职制度、战国时代的各国制度。

[27] 海岳、镇渎：海洋山岳、陆地河流。

译文

泰山雄立于东方，分出了许多的支脉，走势清晰地直奔海滨，就像是子孙之辈排列在它的面前，没有一个敢傲视它的。唯独即墨有座山，环绕大海百余里，名字叫劳盛，山峰重叠高岭起伏，险峻的山峰重重耸立。《齐记》上说：“泰山高，不如东海的劳山。”昔日传说吴王夫差曾经在这里得到《灵宝度人经》。《寰宇记》又说：“秦始皇登上劳山，眺望蓬莱。”“以疲劳于登山，即名‘劳’；又以驱之不动称‘牢’。”又考证《列仙传》上说：“乐正子长遇仙于此山，因得到赤散丹而长寿。”丘长春说，“三面环海，背靠平川，真是洞天福地，但是名字不好，改为鳌山。”他有诗写道：“卓荦鳌山立海隅，霏微灵秀出天衢；群峰削蜡几千仞，乱石穿松一万株。”又写道“牢山本即是鳌山，大海中心不可攀；上帝欲令修道果，故移仙迹近人间。”李白也有“我昔东海上，劳山餐紫霞”的诗句，诗的结尾写道“愿随夫子天坛上，间与仙人扫落花”，可知劳山确实是神仙居住的地方，地处偏僻的海湾，世人很少听说；即使听说也很少登山一游，看遍它的奇特胜景，访遍这里的奇幻之处。

康熙甲戌年间，我从蓟北回来，顺便东游。潘雪石太史对我说：“您这次游历一定不虚此行，大概要登临大小劳山，游遍大海高山的所有名胜吧？”接着向我介绍了劳山的大概情况，我心中越发地仰慕，但是已经过了三年，游览劳山的愿望却一直未能实现。

丁丑年四月十六日，刺史陈君例行巡查，我陪同他去即墨城。正好逢上这个机会，于是便携带一名童仆周燮入山，一名姓章的衙役做向导，准备了一匹马、两匹骡子便出发了。出城向东南走三十里，群峰便挡住了去路，感觉没路了。又走了一会儿，忽然前方峭壁双开，裹挟着松涛的山风夹道而来。又走了二里多地，到一个叫峡口的地方，路旁有座古寺，院子很宽敞，但没有别的东西，只有几种药草在太阳光下曝晒，香气扑鼻；观察这里的道士应该懂得医术，时常为人医病，出入于红尘世界。我独自坐在风幡阴影的石坛上。休息了好一会儿，才又沿着弯弯曲曲的山路向东走去。越往前行地势越发宽广平坦，竟然难以理解这是在群山的深处了。在云层飘散、霞光漫卷之际，我们登上了一座小山，眼前忽然一亮，东海竟完全展现在我们眼前。在万顷银白色的波涛之上，向南望去紫翠的海水千层，随波荡漾，奇妙的美景，简直难以描述，恨不得马上插上翅膀飞过去看看。童子急忙牵住了我的衣服下来，沿着大路，转而向南，大约走了十里左右，来到泠哥庄，在修真庵休息。忽然松林中传来狗叫声，道童知道来了客人，便出去拾取松枝煮茶来款待。这时即墨知县龚铨，他是湖北人，已命专门的官吏在此设下酒宴。我知道后劝止了他们，同一位在蒲团上坐禅的道人共进斋饭。

吃过饭后，沿着山路向东一直走，来到此前南望时所见到的诸峰。一路之上乱石嶙峋，山路转来转去，马蹄踩在光滑的岩石上极是难走。沿山麓又走了十余里，随后，登上陡峭的峰，攀援险峻的峭壁，抬头仿佛能触到苍天，低头看到的是万丈深渊，看了令人简直心惊目眩，不知所措。进入山里面，细窄的小道蜿蜒曲折，仿佛在半空盘旋，我们不得不下马拄着木杖前行。又走了十多里，脚下的巨石有如利剑攒集，海面上浪花乘风搏激，好像雪卷云翻，顷刻间已是变幻万端。过去人称孙位善于画水，达到了神奇境界，恐怕见此情景笔底也枯竭了。山谷中忽然传出像雷一般的声音，时常从松林中发出；又仿佛有龙的鳞光，鱼的身影，仙鹤驾着的车鸾，在缥缈的天空中翻腾飞奔，直达太阳升起、星宿闪现的地方，穷荒极地之外。眼睛所能达到的地方也真大呀！

小路随着峰峦叠转，云雾傍着行人飞舞，在横溪绝谷中度过了飞仙桥。走进一座道院，寂静寥落的古殿，炼丹的炉灶还在，这就是太平宫了。宫上面有白龙洞、老君洞、华阳洞等几个山洞。挽着藤萝攀援而上，游览了所有幽深险绝的景观。这时，太阳已经西下，斜阳挂在松林间，二十里的范围内一切都是郁郁苍苍的。这里的松树大多是生长千百年以上的古树，一株株都是长着虬龙般的枝杈仙鹤般的树干，有的树干挺立千尺，直入云霄，大有遮天蔽日的气概；有的树围合抱，枝杈横生，树干之上满是疙疙瘩瘩，有如苍龙飞爪痉挛、猛虎跛足而行的样子，而高不过四五尺；有的远远横架在山崖沟壑之上，显出一副傲视的神态；有的倒托着悬崖峭壁，有如恭敬地低头作揖的样子。有的三五株并列成行在前；有的一枝独秀在后；还有的两两纠缠在一起，结成山门；有的分行排立，如整齐的部伍，半步都不错乱。更有奇葩异卉，绵延在山谷、水溪边，珍奇的野兽和飞禽，与人和睦相处各不相扰，大都连名字都叫不上来。

从这里直达华岩寺，山上有很多修行的道人，只有这座庵庙是佛教道场，由当地人黄某创立。刚刚建成不久，所以讲经的佛殿、静修的禅堂、蜿蜒的长廊、高峻的亭阁、佛像、画相、伞盖、经幢之类，没有一样不是庄严肃穆的，胜过其他地方。我倚坐在十间楼头，听到琅琅的诵经声从山坳、树林间传出，与远处的海潮声相呼应。

半夜时分，我找到大悲阁僧人岸先、万修夜聊，倚着栏杆俯瞰大海，正当月亮照临峰顶，海潮升到山的半腰，顿觉整个世界无处不是银溶冰结一般；而我渺小的身躯，正与周围的清和之气融为一体。晨曦鸡鸣，僧人拉着我登上了最高峰。远眺苍茫的大海，风平浪静直达海天相接的地方，只见五彩云霞中拥出红彤彤的一轮圆廓，怀疑是太阳从传说中日出的地方出来了。谁知过了一会儿，东边霞光璀璨，好像一只熔金的炉鼎，太阳才由海天一线的海平面全部上升出来。开始时还闪耀震荡在水光之中。等到一轮太阳初升，山呀水呀，人呀物呀，都由暗交明，光华四射，这确实是从未见到过的奇观。僧人说，因为海上的水汽与光色相混合的缘故，早晨的霞光常常是晦暗的，像今天这样明朗清晰的日出，能见到的人不多。我流连徘徊了很久，才重新振衣而起。

僧人摘了山里种的蔬菜，做斋饭奉上。味道虽然清淡，吃着却很甘美，这也不是人世间所能经常吃到的。无奈尘世间的烦嚣还一直纠缠着，不能登上华楼宫、劳顶这些名胜游览了，于是便在塔院前与众僧一一道别。这里有一条水渠，清澈见底。水中有金鱼百余条，在水中自由自在地游来游去，开始它们不知道有人因为它的快乐而快乐，而且不知道十步之外，还有大海更能给人带来快乐。僧人与我约定日后再游的时间，我说："纵然得不到灵丹妙药，求得长生不死，我仍然要游华楼宫，登上劳顶，寻访李白扫花坛上的遗迹，这本是我内心很深的愿望啊！"

说完便沿着原路起程下山。途中重过修真庵时，再访蒲团道人，问他的姓名，他不说话。他在这蒲团上静修的时间，也不知有多少年了。道人赠送我一条藤杖，枝节奇异，色如朱漆。这藤杖是劳山所产，经过多年的滋养，才会有此色泽。我接受了它，回去奉献给老母，祝她长寿。快到傍晚时，终于回到即墨城。刺史陈公问我游历了哪些地方？我难以一言道尽，因此略写一二在这里请他看。至于劳山的高度，不知是不是超过泰山呢？《周礼》上规定史官应职掌天下地图，海洋山岳、陆地河流，必能考查得准确无误。什么时候再见到史官潘先生，一定再问问他。

赏析

劳山是道教的洞天福地，临海耸立。张道浚是清代康乾时期有名的画家，尤其擅长画山水。所以本篇游记在记叙手法与结构上便有了两个特质：一是因为画家细致入微的观察，使全文笔触细腻，类似古代的青绛工笔山水画，而且前面提到的像张岱《湖心亭看雪》一类的淡墨大写意的画卷意境。二是既然是工笔山水的写法，那么结构便多是“移步”布景法，层层推进，逐点描摹。全文在开头首先强调劳山不同于泰山的主要特点，是“僻处海曲”的“仙灵奥区”，这便将劳山的风景作了一个归纳：一是海边的山岛风光是独一无二的，既然大名鼎鼎的五岳，可有一处临海而居？二是“仙灵奥区”，实际上便点明了劳山是有仙佛气的，虽是五岳等诸山中多见，却不见得有劳山有特色。所以作者在整个游程中，写人则非道即僧，都有仙佛气，尤其是在第一段将劳山的人文历史作了一次细致的梳理。此外，作为画家，他笔下的写景则着力渲染，笔触所及仿佛有海上神山的感觉。其中比较突出的地方，如从修真庵南行登山时的观感，恍惚如升天境，到仙界，有声有色，虚虚实实；而写夕阳松林，千姿百态，都若神灵。又如在大悲阁“凭栏瞰海”，见月光普照，而有所悟，而登最高峰观日出，叹所未见，都极力渲染其神奇奥妙。这篇游记在神佛仙道的描述中，是独具匠心的，在这位清代画家笔下，东海边上的劳山仿佛被描绘成了神龟背上的“鳌山”，既有劳山“海山之胜”，又有“鳌山”仙境之神。尤其是在有关日出的一段描写中，更是显示了画家对色彩的敏感与熟练驾驭，所以这篇游记在古代游记散文中是有一定的鉴赏价值的。

游狼山[1]记

张裕钊

作者简介

张裕钊（1823—1894），字廉卿，湖北武昌人，桐城派后期重要作家之一。道光二十六年（1846）举人，官至内阁中书，在江宁、湖北等地主持过书院。曾师事曾国藩，与黎庶昌、薛福成、吴汝纶并称“曾门四弟子”。他有较强的爱国思想，希望在不触动帝制的前提下改良政治，使国家富强起来。著有《濂亭文集》等。

光绪二年[2]秋八月，黎莼斋管榷务通州[3]，余过焉。既望，与莼斋游于州南之狼山。

山多古松桂，桧柏数百株，倚山为寺，寺错树间。最上为支云塔，危踞山颠，万景毕内。迤下[4]若萃景楼及准提、福慧诸庵，亦绝幽敻[5]。所至僧舍，房廊屈曲，左右苍翠环合，远绝尘境。侧身回瞩，江海荡天，近在户牖。隔江昭文[6]、常熟[7]诸山青出林际蔚然。时秋殷[8]中，海气正白，怒涛西上，皓若素霓[9]，灭没隐见。余与莼斋顾而乐之。

狼山，淮扬[10]以东雄特胜处也。江水自岷蜀[11]径吴楚行万里，至是灏漾[12]渺渺，莽与海合会。山川控引，界绝华戎[13]，天地之所设险，王公以是慎固，古今豪杰志士之所睥睨[14]而筹也。

昔阮籍遭晋室之乱[15]，作《咏怀诗》以见志，登广武山[16]，叹悼时之无人。今余与莼斋幸值兹世，寇乱殄息[17]，区内[18]亡事，蕃夷绝域，中外以恬嬖相庆[19]，深忧长计，复奚以为！

余又益槁枯朽钝，为时屏弃，独思遗外[20]身世，捐去万事，徜徉于兹山之上。荫茂树而撷涧芳，临望山海，慨然凭吊千载之兴亡，左挟书册，右持酒杯，啸歌偃仰，以终其身。人世是非理乱，天地四时变移，眇若坠叶与飘风，于先生乎何有哉？

归书而为之记。

注释

[1] 狼山：在今江苏省南通市南，长江北岸，同常熟市福山隔江对峙，古时为海防重镇。变名狼五山，相传因山形似狼而得名。

[2] 光绪二年：即 1876 年。

[3] 黎莼斋：即黎庶昌，号莼斋。他是作者好友，同治年间曾上万言书，两次出使日本。榷（què）务：市场管理和贸易税收事务。通州：指江苏的南通。

[4] 迤（yǐ）下：斜下。

[5] 幽敻（xiòng）：幽静深远。敻，远。

[6] 昭文：即昭文县。清初由常熟县分出，但两县同城而治，今并入常熟市。

[7] 常熟：江苏县名，在长江南岸。

[8] 殷：盛，大。

[9] 素霓：白色的彩虹。

[10] 淮扬：即淮左，指江苏扬州一带。

[11] 岷蜀：指四川。

[12] 灏溔（hào yǎo）：江水无边无际的样子。

[13] 华戎：华夏与外夷。戎，古时对西北少数民族的泛称。

[14] 睥睨（pì nì）：斜眼窥察。

[15] 阮籍：字嗣宗，三国时魏文学家，“竹林七贤”之一。生活在魏晋时期，曹氏和司马氏争权时期，常以大醉以保身，所著《咏怀诗》82 首，表现嗟生忧时，苦闷彷徨的心情。

[16] 广武山：一名三皇山，当地人称邙山，河南省荥阳市黄河南岸。《晋书·阮籍传》：“尝登广武，观楚汉战处，叹曰：时无英雄，使竖子成名！”

[17] 寇乱：此指太平天国运动。殄（tiǎn）息：灭绝，平息。

[18] 区内：疆域内。

[19] 恬嫛（qiān）：恬静美好。嫛，美好。

[20] 遗外：遗于朝廷之外，即在野。

译文

光绪二年秋八月，黎莼斋在通州掌管贸易税收事务，我前去拜访他。八月十六日，我和他一起游览了通州南面的狼山。

山上有许多古松、桂树、桧树、柏树，好几百棵。依傍着山势有一座寺庙，寺庙错落分布在树林里。最上面的是支云塔，塔身险要地盘踞在山顶，所有景象一览无余。斜下里是萃景楼和准提庵、福慧庵等庵庙，也都是极为幽静深远。所到的僧舍，房屋走廊曲折，左右苍翠环绕，远远地与尘世隔绝。侧身回望，江海滔天，仿佛就在窗户之下。隔着江，可以看到昭文县、常熟县青翠的山峦，耸立在草木茂盛的林际间。这时正是深秋，海天之际蒸腾着一片白气，海潮怒涨，一直向西奔腾而来，仿佛一条白色的虹霓，时隐时现。我与莼斋看到这些非常高兴。

狼山是淮安、扬州以东最为雄伟、奇绝的游览胜地。长江之水从蜀地经吴地、楚地行程万里，到这里江水变得浩瀚无际，茫茫荡荡与大海汇合。山川引导着江水的走向，将华夏与蛮夷区分开，天地设下这样一个险要的地方，王公贵族认为这非常坚固，古今豪杰之士都很重视，于是在这里设下海防。

过去阮籍遭遇晋国的内乱，写作《咏怀诗》以表达自己的志向，登上广武山，慨叹时代没有英雄。今天我和莼斋幸运地处在这个时代，太平天国之乱早已平息，国内没有战事，列强的军队在境内也清除了，中外都庆贺安享太平，要作深忧远虑，又怎么办呢？

我现在又越发的年老愚钝，被时代所抛弃，只是独自想处身世外，抛开万般烦恼之事，在这座山上徜徉游乐。在浓密的树荫下休息，在山沟里采摘野花，在山上眺望大海，慷慨凭吊千古兴亡之事，左边抱着书册，右手端着酒杯，长啸而歌、或躺或卧，以此来了却一生。人世间的是与非、安定与混乱，天地间四季的变迁，都如同渺小的树叶一般随风飘落，对于隐居的我又有什么关系呢？

回来就书写，作了这篇游记。

赏析

作者笔下的狼山：林木繁茂，寺院僧舍错落林间，松桂、桧柏相映成趣，江海荡天，海气正白，青山出于林际，“皓若素霓，灭没隐见。”是一处优美、幽静的所在。作者虽然自叹“为时屏弃”，想把幽僻的狼山作为人生的归宿，“独思遗外身世，捐去万事，徜徉于兹山之上。”从此“左挟书册，右持酒杯，啸歌偃仰，以终其身”。然而当他立于狼山之巅，“临望山海”，却禁不住顿生兴亡之感，随之“深忧长计，复奚以为”。他“忧”从何来，文章中并没有直接写出，却举出阮籍“叹悼时之无人”这句千古之叹，这不正是寄寓自己怀才不遇的愤闷之叹吗？这是一篇隐喻深意、情致高远的山水游记。全篇文章感情几经起伏，写得含蓄而深沉，既不失桐城古文的风范，又体现着这一阶段桐城作家的特点。